Jean-Yves LORENTE

LA PRINCESSE DE PALIRIS

Les Presses du Midi

Du même auteur aux éditions Les Presses du Midi :

« Maigrir synonyme d'équilibre »

« Un vice au service de la vertu »

Impression PDM

---

121 avenue d'Orient - 83100 Toulon
Tel. : 04 94 16 90 20 - Fax : 04 94 16 90 29
Dépôt légal mars 2003
ISBN : 2-87867-453-7

Toute ressemblance avec des personnes existantes ou ayant existé serait purement fortuite.

CHAPITRE I

La pluie recouvrait la ville de Lille d'un vaste manteau maussade. L'asphalte et les parcs détrempés luisaient d'humidité. Dans la banlieue sud, à hauteur du square de Vinci, un immeuble bourgeois des années 1850 se tassait sous la bruine. Au premier étage, Laure Cressa écarta le rideau d'une des fenêtres du salon de son appartement T4. Le quartier lui renvoyait la couleur de son humeur. La robe de laine verte alourdissait la silhouette légèrement enrobée. Cependant, les cheveux bruns coupés courts, la frange allurée lui donnaient une physionomie alerte... Elle détourna son attention de la fenêtre pour observer son fils. Les yeux marron animés d'un vif regard scrutèrent le visage du jeune homme.

- Alors, c'est décidé, tu pars vendredi ?

- Oui, très tôt le matin pour éviter la cohue.

- Sois prudent sur la route, mon grand.

- Mais oui ! Ma p'tite maman, je serai prudent, ne t'en fais pas. Je suis si content de descendre là-bas !

- C'est clair, l'été au Lavandou est plus séduisant qu'à Lille... Mais tu me connais, je me fais toujours du souci. Et puis, t'es pas raisonnable ! Tu ne me donnes pas de tes nouvelles chaque fois que tu es loin. C'est pourtant si simple un coup de fil !

- Mais oui ! Mais oui ! Ma petite mère chérie. Je te promets de t'appeler dès que j'arrive, de bien faire attention à l'appartement et tout, et tout...

Jean-Claude Mélutodénot portait le nom de son mari, décédé dix ans auparavant. De corpulence moyenne, il avait hérité des yeux foncés de sa mère. D'épais cheveux bruns et ondulés, tout en conférant de la virilité au visage, rehaussaient le teint clair et les joues minces. Jean-Claude, par la force des choses, était devenu, après le décès de son père, l'homme de la maison. Un profond attachement liait la mère et le fils. Laure regarda Jean-Claude : sa tendresse s'exprima par un doux sourire malicieux.

- Excuse-moi ! Tu resteras toujours mon petit garçon. Pour moi tu n'as pas vingt-six ans.

- Et toi, tu seras toujours la femme de ma vie !

Il la prit dans ses bras, ils rirent de bon cœur en s'embrassant affectueusement.

Sans travail depuis plusieurs mois, à la suite d'un licenciement économique, Jean-Claude n'arrivait pas malgré sa bonne volonté, à trouver un emploi durable. Il ne faisait que surfer de petit boulot en petit boulot avec contrat à durée réellement partielle. Au début, il avait profité de cette nouvelle liberté pour courir les musées, les bibliothèques, s'adonnant avec enthousiasme à son violon d'Ingres : la recherche de vieux documents afin de reconstituer la vie d'autrefois. La faiblesse des moyens financiers dont il disposait le contraignit toutefois à ralentir ses investigations. Pour rompre avec ce quotidien, il avait décidé de passer l'été dans l'appartement que possédait sa mère au Lavandou où il ne désespérait pas de trouver un job saisonnier. L'après-midi, il avait fait quelques emplettes puis avait traîné au cœur de la vieille ville, flânant sans but, chinant chez les antiquaires et les brocanteurs. Sur l'étalage de l'un d'entre eux, traînait une malle pleine de vieux livres miteux. Il les examina avec délice. Tout au fond, l'un d'eux aiguillonna sa curiosité par son titre : "*Marigud* m'était conté*".

Il feuilleta l'ouvrage et constata que de nombreuses pages manquaient ou étaient déchirées. On y parlait apparemment de la lignée seigneuriale des de Paliris qui habitèrent jadis le château. Il remarqua, lors de sa lecture en diagonale que, quelle que soit l'époque, le prénom Cécile revenait fréquemment.

Absorbé par ce qu'il venait de lire, il faillit partir avec le livre sans le payer. Le responsable de la boutique, un peu gêné de demander de l'argent pour un bouquin en si mauvais état, proposa de lui en faire cadeau s'il en prenait un autre. Sans rechigner, Jean-Claude retourna chercher dans la malle-foutoir le premier livre qui tomba sous ses doigts, un polar. Il régla une modique somme et rentra pour mieux étudier cette mystérieuse famille de Marigud, un très joli village provençal niché au pied du massif des Maures à une quarantaine de kilomètres du Lavandou.

Il passa de longues heures à consulter sa documentation accumulée de façon méticuleuse depuis des années. Les nombreux ouvrages, au grand désespoir de sa mère, envahissaient tous les meubles, placards et étagères disponibles de sa chambre. Il y en avait à même le sol, sous sa table de travail.

Ses recherches sur le passé de ce village ne lui apportèrent pas grand-chose de significatif, mis à part quelques vagues éléments sur les ruines d'un château ayant appartenu à une princesse inconnue, au dix-huitième siècle. Les seuls renseignements détaillés traitaient de la région en général, de sa civilisation. Marigud était noyé dans la masse. Il mit néanmoins le livre mutilé dans ses bagages.

** Marigud : village imaginaire inspiré d'une localité du Golfe de Saint-Tropez.*

Le lendemain était un jeudi ensoleillé de la mi-juillet 1988. Après un au revoir à sa mère ponctué des sempiternelles exhortations à la prudence, il se mit au volant de sa Renault 5 bleu métallisé. Très rapidement, il délaissa les autoroutes bondées pour suivre le chemin des écoliers à la rencontre des ravissants itinéraires de la France profonde. Ce fut un voyage agréable agrémenté de courtes pauses au gré de son insatiable curiosité. Il fit halte au cœur du Mâconnais, à Chénas, dans un hôtel à flanc de coteau, environné de vignes. La variété de cette région le charma : chaque pierre, chaque église, chaque château y témoignent de la grandeur de son passé. Pour une somme modique, il s'offrit un authentique mâchon mâconnais arrosé d'un de ses vins préférés, un Saint-Amour léger et plein de bouquet.

Le lendemain soir, en ouvrant l'appartement de sa mère, il eut une moue attendrie. Tout était impeccablement rangé et protégé par des housses. Il reconnaissait le côté tout à fait maniaque de sa mère. Pour ne pas la décevoir, il sortit la liste de recommandations qu'elle lui avait confiée et la suivit scrupuleusement. Une fois que les lieux eurent repris vie, il téléphona comme promis à sa mère afin de la rassurer puis se mit à l'aise et s'endormit comme bercé par le léger ressac de la Méditerranée toute proche.

La journée du lendemain passa rapidement. Il prit pied dans sa nouvelle vie, alla se renseigner sur un éventuel job et passa saluer les amis de sa mère. Le soir venu, le jeune homme prit une douche. Après un repas frugal, il se rendit au Lotus, une boîte de nuit en vogue. Des fresques, des bas-reliefs aux couleurs dorées et argentées sur le thème de l'Égypte Antique plantaient le décor. Des pierres claires ou marbrées accentuaient ce rappel à l'Antique cette époque. Les sols et les plafonds, les tables et les chaises étaient très sombres. Divers bibelots, miroirs et statuettes rappelant cette civilisation antédiluvienne ornementaient le lieu. Au fond, un écran géant diffusait les images vidéo de deux momies sanguinolentes terrorisant une jeune femme.

D'un rapide regard, il jaugea l'ensemble et alla s'installer au bar. La vue des danseurs le poussa à se mêler à eux. Il dansait au bord de la piste lorsqu'une ravissante jeune blonde attira son attention. Elle était assise à une table, en compagnie d'une jeune femme et fumait une cigarette. Il la regarda directement plusieurs fois. Elle esquissa un sourire qu'il lui retourna. L'excès de décibels musicaux le recentrait sur ses pensées. Il s'interrogeait sur comment l'aborder? Comment se montrer sans s'imposer? Comment inspirer l'attirance plutôt que le rejet? L'amie de la jeune blonde lançait des coups d'œil dans sa direction. Il avait l'impression qu'elles parlaient de lui. À la faveur d'une série fortuite de musique rock, il se décida à l'inviter.

Elle accepta et le suivit sur la piste; elle était souple et légère entre ses bras. Ils firent connaissance au fil des passes toupillantes. Elle s'appelait Corinne, habitait en bas de Bormes et était employée de banque.

Au terme de la troisième danse, Jean-Claude chuchota quelques mots à son oreille. Elle renversa la tête pour le regarder. Ses yeux aux reflets bleutés brillaient. Adepte du brûlage d'étapes dans la phase de séduction, il posa ses lèvres sur les siennes qui ne se dérobèrent pas. Il était effectivement persuadé que, dès lors qu'une femme avait jugé qu'un homme pouvait devenir l'objet de son désir, elle était ainsi disposée à brûler quelques étapes de la bienséance. Et dans le cas contraire, pourquoi perdre du temps pour trouver de toute façon porte close? La douceur labiale de Corinne confirma une fois de plus le bien-fondé de sa conception défioriturée du courtisan.

La soirée s'écoula sur fond de tendre flirt. Insidieusement, vers trois heures du matin, Corinne prétendit être fatiguée et accepta que son cavalier la raccompagne chez elle. La voiture arrêtée devant sa porte, Jean-Claude l'embrassa une dernière fois et demanda s'il pouvait la revoir le lendemain. Le contraste entre l'attitude bulldozer de son prétendant pour se déclarer et la gêne manifeste qu'il avait à provoquer la suite désarma la jeune femme attentiste. Pour couper court à cette timidité, Corinne proposa de boire un verre chez elle. Elle ouvrit la porte et entra la première dans son studio. Le joyeux désordre qui y régnait traduisait l'esprit je-m'en-foutiste de son occupante.

Un peu confuse, elle s'excusa.

- Ne fais pas attention, je n'ai pas eu le temps de ranger aujourd'hui. Faut dire que je n'avais pas prévu de recevoir un invité.

- Tu en as souvent des invités?

- Non!... En ce moment je ne suis pas très branchée là-dessus. J'ai la tête ailleurs. Veux-tu boire quelque chose? Il doit me rester des bières et du Pippermint.

- Va pour un pipper!

- T'es si timide que ça?

- Pourquoi cette question?

- Tu n'as jamais vu la pub à la télé?

- Quelle pub?

- Enfin! Il parait que cette boisson enlève la timidité. Tu ne regardes donc pas la télé?

- Pas vraiment, non! Très peu pour moi. C'est... Non, je ne voudrais pas systématiser. Je dirais plutôt que je trouve franchement tarte ce qu'ils passent. D'une chaîne à l'autre c'est tout à fait comme dans la chanson... Hé! Hé!... Zorro est arrivé... Il n'y a que des jeux plus abêtissants les uns que les autres et des émissions de variétés... Pff! On se demande si c'est l'animateur qui reçoit les invités ou si ce sont les invités qui le reçoivent.

- Pourquoi dis-tu cela? demanda-t-elle en remplissant les verres.

- Pourquoi ? Tout simplement parce qu'en fait, la véritable vedette est le présentateur. Il pose une question à un invité et pendant que celui-ci développe sa réponse, sans gêne, il l'interrompt pour poser une autre question ou passer à autre chose. Ça frise l'impolitesse. Bref, l'invité est là par sa présence mais point barre ! Il n'a rien le droit d'expliquer ou pratiquement rien.

Elle trinqua, verre contre verre et dit :

- C'est peut-être parce qu'il est pris par le temps. Tu sais, tout est chronométré à la télé. Le vrai direct n'existe pas. Tout est réglé, répété. Même les applaudissements manquent de spontanéité. C'est ainsi, il faut faire avec.

- Comme tu dis. Après les vrais faux papiers, voici le faux vrai direct. Panurge a fait des émules. Applaudissez. Stop. On recommence. N'applaudissez spontanément que lorsqu'on vous en donnera l'ordre. Voilà, c'est bien mais hop ! Coupez ! On refait, y en a un qui s'est gratté la tête. Tu parles de naturel. Faites ci, faites ça et tout le monde qui obéit en chœur, même ceux qui ne veulent pas… Alors pourquoi pas, à l'extrême de la bêtise humaine, allez, tous ensemble, à trois vous vous tirez une balle dans la tête. Et bing ! À la même seconde, cinq cents personnes de moins sur terre. Tu t'étonnes que les sectes puissent manipuler ainsi les gens lorsque tu vois toutes ces personnes qui obéissent au doigt et à l'œil dans ces foutues émissions de variétés, qui d'ailleurs manquent de variété. Ils te font regarder la télé par le gros bout de la lorgnette. C'est vraiment réducteur, tu vois toujours les mêmes. C'est à croire qu'il n'existe pas d'autres artistes ou qu'il n'y a que leurs maisons qui ont du pognon pour payer leurs passages.

- Tu y vas un peu fort.

- Bien sûr ! J'exagère pour mieux faire ressortir ce qui me désole. Crois-tu que j'ai tort de penser cela ?

- Non. C'est un peu vrai ce que tu dis. Mais que veux-tu y faire ? C'est ainsi. Faut croire que ça marche, puisque toutes les télés font de même.

- Pour en revenir à l'animateur. S'il est pris, comme tu le dis, par le temps, il n'a qu'à avoir moins d'invités. Il pourra ainsi leur laisser le temps de s'exprimer. On se dirait à l'époque du Roi Soleil. Il est sur son plateau. Il n'y a que lui qui se pavane devant sa cour qui le bade, qui l'écoute palabrer et qui plus est, il fait des cadeaux promo aux invités. Comme si ces derniers n'avaient pas les moyens de se payer ces petits lots, style cd, livre ou autre. Tu les vois, sur le plateau en train de se faire des cadeaux entre eux pendant que les spectateurs présents dans la salle, disciplinés, applaudissent à la demande. Tu ne crois pas que ce cadeau ferait plus de bien à une ou plusieurs personnes du public ? Je te dis, on croirait revivre l'époque ancienne avec le progrès en plus. Au lieu d'avoir une cour de quelques centaines de personnes, les rois du petit écran ont à présent plusieurs millions de sujets télécommandés.

- Oui, si tu veux. Effectivement, vu sous cet angle, on peut dire qu'il y a des similitudes.

- Tu en veux une autre de similitude. On s'est plaint des avantages, des faveurs et autres que s'octroyait la noblesse jusqu'au besoin de la renverser. Tu vois toujours les mêmes à la télé. C'est à croire qu'il n'y a que ces animateurs, qu'il n'y a que ces chanteurs, qu'il n'y a que ces comédiens. Il y en a d'autres tout de même. Et certainement avec beaucoup de talent. Alors pourquoi ne les voit-on pas ? Fric is fric, faveur is faveur, copain is copain... Je parlais des émissions de variétés. Mais la télé c'est aussi les films qu'on a vus trente-six millions de fois.

- Tu exagères lorsque tu dis trente-six millions de fois. Ce n'est que, heu... trente-cinq millions de fois, Ah ! Ah ! Ah ! dit-elle avec un rire sonore. Puis elle ajouta : eh ! bé, parler de la télé te fait sortir de tes gonds. Je suis d'accord avec toi mais à la maison que veux-tu faire d'autre?

- Beaucoup de choses! répondit-il, en la prenant par la taille.

Ils s'enlacèrent, se caressèrent. La jeune femme, très sensuelle, offrit à son partenaire un festival étourdissant de jeux amoureux raffinés auquel il répondit avec vigueur. Épuisés par ce bruyant corps à corps, ils s'endormirent. Elle le réveilla de bon matin de telle façon qu'il ne se fit pas prier pour renouveler l'exercice amoureux de la nuit.

Ils se quittèrent en se donnant rendez-vous pour le soir même à vingt-deux heures au bar tabac de la place.

La journée passa vite. Il se présenta à différents endroits avec l'espoir de trouver du travail, mais la saison était déjà commencée et tous les emplois, réservés depuis le début de l'année étaient pris. Déçu, il alla se baigner dans la chaude Méditerranée et ne rentra qu'en fin d'après-midi. Il se fit un sandwich qu'il dévora en examinant la carte d'état-major des alentours de Marigud dont il avait fait l'achat la veille.

Malgré son attrait pour cette étude, il ne put s'empêcher de penser aux tendres assauts de la nuit et à la douce peau de Corinne. Ce n'était peut-être qu'une passade pour elle. Seraitelle au rendez-vous ce soir? Il soigna particulièrement sa tenue, mit de l'ordre dans la chambre, regardant avec une légère culpabilité le grand lit de ses parents dans lequel ce soir, il avait bien l'intention de batifoler.

Arrivé un peu en avance au bar-tabac, il s'assit près de la porte d'entrée, prit un café en feuilletant le quotidien local.

Il était vingt-deux heures quarante. Dépité, il cessa de regarder si elle arrivait. Tout absorbé par ces pensées moroses, il ne la vit pas entrer. Malicieuse, elle lui masqua les yeux de ses mains.

- Coucou! On rêve?

Il abaissa son bandeau improvisé et, soulagé de la reconnaître, il l'embrassa.

- Tu croyais que je ne viendrais pas, hein? Excuse-moi, il y a eu un accident sur la route, il a fallu attendre qu'elle soit dégagée.

Effrontément, il mentit :

- J'arrive juste !

- Ça a cartonné méchant ! T'aurais vu l'état des caisses... Brrreu ! J'en ai froid dans le dos.

- N'y pense plus... Puis-je t'offrir quelque chose? Que désires-tu boire ?

- Oui ! Un café liégeois avec beaucoup de crème ! J'adore !

- Et un jour, tu deviendras une grosse madame !...

- Du moment qu'on ne m'appelle pas Marguerite... Meuh !

Ils rirent. Elle fit honneur à son dessert. Moins gourmand, il s'était contenté de boire un panaché.

- Qu'en penses-tu Corinne ? Veux-tu que nous allions chez moi ou préfères-tu que nous retournions au "Lotus" ou pourquoi pas ailleurs ?

- Pas au Lotus. Ce soir, il n'y aura pas grand monde. On donne un spectacle en plein air sur la place. Si je comprends bien monsieur, vous projetez de m'enlever ?

- C'est tout à fait ça !

- Je ne me défendrai pas !

Quand elle pénétra dans l'appartement du jeune homme, elle hocha la tête d'un air entendu.

- Hé ben ! C'est franchement chouette chez toi !

- Disons pour être plus précis, chez ma mère.

Elle fit le tour de la salle de séjour, passa un doigt distrait sur la tranche des livres posés sur la table.

- Intello avec ça ?

Puis elle se dirigea vers la chambre dont la porte était restée ouverte. Elle se retourna soudain, noua ses bras autour de son cou et l'embrassa.

- Attends un peu, ma belle, protesta-t-il. Laisse-moi t'offrir quelque chose.

- Non, non. Oh ! Jean-Claude, je ne me sens pas bien… se plaignit-elle. J'étouffe… Dégrafe-moi… Allonge-moi… J'ai chaud… Je brûle… Ôte mes vêtements…

Pris de court par ce jeu, il s'exécuta, assez surpris par l'appétit sexuel de sa ravissante conquête. C'était la première fois qu'il rencontrait une partenaire plus directive que soumise. Ils passèrent à nouveau une nuit charnellement agitée.

Ainsi s'écoula la semaine, tantôt dans le capharnaüm de la jeune fille, tantôt dans le pied-à-terre de la mère de Jean-Claude.

Le dimanche suivant, il prépara sa visite à Marigud. Il mit dans son sac à dos deux sandwiches protégés par une feuille d'aluminium, deux boîtes de jus de fruits, un sac de couchage, un carnet et un stylo, son jogging et les cartes de la région. Sans oublier une petite boussole, vestige d'un lointain séjour en colonie de vacances.

Ce soir-là, le rendez-vous galant était prévu chez Corinne car il devait se lever bien avant elle pour être sur place de bonne heure. Elle l'accueillit toujours aussi aguicheuse. Elle avait préparé sur une table basse toutes sortes de toasts et décoré la pièce d'un joli bouquet de fleurs. Il en fut touché. Ils grignotèrent, s'aimèrent, bavardèrent.

- Corinne, dit-il, je vais te laisser pour une nuit.

- Me quitter ! Où vas-tu ?

- Je vais à Marigud. Tu te rappelles, je t'ai parlé de ma passion des vieilles pierres et je voudrais me renseigner, je ne sais pas encore auprès de qui, au sujet d'une princesse, une certaine Cécile de Paliris qui aurait régné sur le village au temps de Louis XV.

- Si je comprends bien, tu me lâches pour une bonne femme morte depuis des siècles !

- Si tu veux. Je reviens après-demain soir ! Ce sera vite passé.

- T'as intérêt à mettre les bouchées doubles. Seule, une nuit c'est long, lui glissa-t-elle.

- Dis donc ! Il me semble bien que tu m'aies dit ne pas être branchée, en ce moment ?

- Que veux-tu, la femme est un animal imprévisible. Ça va mieux. J'ai à nouveau la forme.

- Je m'en suis rendu compte.

- C'est un reproche ?

- Non ! Adorable idiote !

Pour se faire pardonner, il la bascula sur le canapé. Quand le réveil sonna à cinq heures, il était à peine reposé de ses folles prouesses. Il se leva sans bruit et fila discrètement pour ne pas la réveiller. Avec elle il serait encore prisonnier de son corps vorace au moins pendant une heure.

Il passa chez lui, petit-déjeuna, prit son sac et monta dans sa voiture.

À cette heure matinale, une légère brume flottait encore au creux de la vallée du Dom. Les chênes-lièges, rudes et centenaires s'étaient fait leur place là et exhibaient leurs troncs trapus et difformes, dépouillés de leur écorce jusqu'à la naissance des branches les plus basses. Justement, un couple d'écorceurs s'apprêtait à en démascler un. Jean-Claude gara sa voiture et se dirigea vers eux pour les observer à distance dans cette tâche. Les deux ouvriers insérèrent une hachette coupante comme un rasoir et pratiquèrent une fente verticale entre le cuir fragile et l'épaisse écorce dure et crevassée. Puis avec la manche de la machette, ils décollièrent la planchette de liège. Cette décortication parut cruelle et un peu obscène à Jean-Claude. Un rouge sanglant travestissait le tronc des plus récents écorchés. Leurs congénères anciennement dépouillés, avaient réajusté une nouvelle peau d'un noir enfumé comme si un incendie leur avait fait outrage. Cette sauvage dénudation ne semblait pourtant pas incommoder ces géants enchantés, surgis du sol pierreux. Jean-Claude regagna sa voiture. Le soleil jouait à contre-jour dans les cimes vigoureuses, signe que l'étrange géant ne souffrait pas le moins du monde du traitement infligé.

Enfin, les ruines du château de Marigud apparurent, déchiquetées dans le lever de soleil rougeoyant.

Paisible, le village s'éveillait doucement. Quelques rares personnes déambulaient dans les rues. Un garçon de café balayait en chantonnant la terrasse accueillante sous sa tonnelle de chèvrefeuille. La structure d'antan des ruelles et façades donnait un éclat authentique au vieux village. Dans ce joli cadre, si ce n'était les voitures en stationnement, Jean-Claude se serait cru quelques siècles auparavant. Il entra dans le bar pour y boire un café.

- Pourriez-vous m'indiquer où se trouve la bibliothèque municipale s'il vous plaît ? demanda-t-il au barman.

- Bien sûr ! Elle est à droite de la mairie qui se situe au bout de cette rue, là en face, dit-il en pointant son index dans la direction.

Il paya, sortit et se rendit à l'hôtel de ville. Les horaires affichés l'informèrent que les bureaux ouvriraient leurs portes à neuf heures. Il décida de mettre ce temps à profit pour se rendre aux ruines du château.

Les balcons croulaient sous les fleurs. Les porches construits avec le schiste du pays veiné de serpentine, certains vantaux de bois sculptés attirèrent son regard. Les façades ravalées, les placettes ombragées restituaient l'image du village d'antan. Les rues restaurées se rétrécissaient en montant vers le château jusqu'à devenir ruelles pavées. Celle qu'il emprunta débouchait sur une voie plus large, ombragée par un bosquet de chênes blancs au bout de laquelle deux énormes piliers en pierre devaient signaler jadis l'entrée du domaine seigneurial. On en devinait encore des fragments de sculpture De là, une allée pavée conduisait jusqu'aux vestiges du château. Tout en marchant, Jean-Claude remarqua, sur sa droite, des restanques, témoins d'un passé florissant. À l'extrémité de l'allée, trois larges marches endommagées le menèrent à une vaste esplanade qui s'étendait devant la façade principale. L'Histoire et deux siècles d'abandon avaient anéanti une grande partie de l'imposante construction dont il ne subsistait qu'une tour et quelques pans de murs décoiffés de leur toiture. Face à lui, une ancienne porte disparue laissait entrevoir un couloir à demi écroulé. L'accès en était interdit par une chaîne à laquelle était suspendue une pancarte prévenant, en plusieurs langues, du danger encouru au-delà de ce barrage.

Sur sa gauche, Jean-Claude lut un panneau métallique estampillé Office du Tourisme de Marigud :

"*Construit en 1212 par la famille princière des de Paliris, ce château fut détruit et abandonné en 1520. Sa reconstruction eut lieu en 1670. Le 20 janvier 1747, les troupes du duc de Hamoc le pillèrent et le brûlèrent. La dernière descendante de la lignée des de Paliris trouva la mort dans cet incendie. Les ruines du château devinrent propriété de la commune de Marigud en 1798.*"

À quelques pas, une table d'orientation dominait un panorama magnifique. Ramassées contre le mur d'enceinte, les maisons du village les plus anciennes se dressaient dans un entrelacs de venelles étroites. En s'éloignant du cœur du village, les contraintes des temps nouveaux avaient imposé des rues plus larges et des bâtisses plus hautes. Cependant, les immeubles de construction récente respectaient le caractère du vieux village. Au sud, la plaine s'étendait en pente douce, émaillée de champs de vignes et de serres, jusqu'au littoral. Au loin, la mer déployait son bleu intense jusqu'à se mêler à l'horizon. Il apercevait alentour les bourgades voisines perchées sur leurs collines.

Il s'imagina dans ces temps reculés où ni l'avion, ni l'automobile n'existaient. Les barbares débarquaient en bateaux à voiles ou en galères, ou surgissaient en hordes à pied et à cheval. Le jeune homme comprenait que pour prévenir ces terribles dangers, les populations menacées se regroupaient alors en des lieux élevés, d'où l'approche de l'ennemi était repérable.

Jean-Claude se ressentait étrangement en accord avec l'écho de ces lieux. Il resta contemplatif de longues minutes. Fermement décidé à étendre ses recherches pour mieux découvrir le passé de cet endroit, il se rendit à la mairie de Marigud.

Malgré sa bonne volonté, l'archiviste ne lui fournit guère plus de renseignements que ceux qu'il avait déjà.

La bibliothécaire, charmante, n'avait pas d'ouvrages traitant plus particulièrement du château, mais possédait un fascicule concernant le duc de Hamoc.

Ce despote local devint tristement célèbre par sa tyrannie et les soirées orgiaques qu'il organisait. Son désir immodéré des femmes ajoutait à la légende : il abusait d'elles sans vergogne, quel que soit leur âge ou condition et par ses soirées orgiaques.

Elle l'orienta vers le prêtre qui, en homme érudit, avait collecté depuis plusieurs années cartulaires, actes notariés, correspondances avec l'évêché...

Jean-Claude se rendit sans plus attendre à l'église. Une dévote gravissait les quelques marches du parvis. Il apostropha la femme pour lui demander où logeait le curé. Il arriva devant la porte du presbytère et sonna. L'homme de foi vint ouvrir. La cinquantaine souriante, mince, (le visage avenant), les cheveux bruns coupés très court, vêtu de sombre, il porta un regard plein de bonté et d'attention sur son visiteur.

Fort heureusement, dans l'attente de l'heure du prochain office, l'abbé avait encore du temps de disponible. Il reçut son visiteur dans une grande salle fraîche, ornée d'une imposante bibliothèque et d'un bureau qui faisait face à l'entrée.

Quand Jean-Claude eut exposé le but de sa visite, le curé très intéressé dit s'être autrefois penché sur le passé de Marigud et de ses suzerains. Il fouilla dans le placard mural empli de classeurs et de livres pour en ressortir un épais dossier. Il le posa sur son bureau et l'ouvrit. Chaussant ses lunettes, il consulta ses fiches. Jean-Claude se prépara à prendre des notes.

- Que puis-je vous dire sur le village de Marigud et la famille princière qui le gouverna pendant des siècles...

Le nom des de Paliris apparaît pour la première fois en mille trente-trois dans des actes conservés aux archives nationales. Une princesse, Cécile de Paliris, aurait en ex-voto, fait construire à ses frais une église, notre paroisse actuelle, Sainte-Cécile. Cette générosité aurait eu comme motif, je cite : avoir été secourues, elle et sa fille, par les habitants d'un hameau alors que des brigands les menaçaient des pires sévices, après avoir tué tous les hommes de leur escorte... Fin de citation.

Blessée, la princesse n'avait pu continuer son voyage. Touché par l'accueil, la gentillesse, le dévouement et la simplicité de ces braves gens, la jeune femme avait voulu marquer sa reconnaissance. Apprenant qu'ils devaient se rendre au village voisin pour assister à l'office religieux, elle fit élever cette église qu'ils baptisèrent par gratitude : Sainte-Cécile. Plus avant dans le temps, les actes font état de trois générations de princesses de Paliris. On retrouve à nouveau la trace de cette famille en mille deux cent huit, par l'acquisition d'une maison seigneuriale, puis par la construction sur son emplacement actuel d'un château en mille deux cent douze.

Nous savons par certains écrits sans précision de date que l'évêché devint propriétaire du domaine. Les bâtiments furent aménagés en monastère, lequel fut détruit dans sa totalité en mille cinq cent vingt. 150 ans plus tard, un ordre venu de Versailles commanda la reconstruction du château.

En 1715, on retrouve la trace d'une princesse Cécile de Paliris, propriétaire du domaine. Cette même année, elle épousa un puissant notable génois, de qui elle eut une fille en 1717, également prénommée Cécile.

- Décidément, elles avaient toutes le même prénom, s'étonna Jean-Claude.

- Effectivement ! De par les écrits, on ne peut que le constater, répondit l'abbé. Je n'ai pas continué mes recherches par faute de temps, aussi parce que peu de documents ont été épargnés par la révolution de 1789. Par contre, il y a dans la colline un vieux Marigudois dont un de ses ancêtres fut serviteur de la dernière princesse connue. Peut-être obtiendrez-vous de lui quelques indications utiles ?

- Ce... ce serait formidable, mon père ! bafouilla le jeune homme. Si vous saviez comme je vous suis reconnaissant !

- Ne vous emballez pas trop vite, mon jeune ami. L'homme en question est âgé. Il fut berger autrefois et vit seul, terré dans ses collines. Maintes fois, j'ai voulu le questionner : son mutisme et son irascibilité m'en ont découragé depuis fort longtemps. Il paraîtrait qu'il détient des récits transmis oralement depuis des générations. Je doute fort que vous obteniez quelque chose de ce brave homme, mais votre ferveur est touchante. Peut-être saurez-vous l'attendrir. Présentez-vous de ma part.

Je me suis entretenu plusieurs fois avec. Malgré sa condition, c'est un homme érudit. Hélas, dès que j'ai eu prononcé de nom de Cécile de Paliris, il s'est renfrogné et n'a plus desserré les dents. Non seulement, il est devenu muet comme une tombe mais il s'est levé et, à la limite de la courtoisie, m'a escorté jusqu'à sa porte et nous en sommes restés là.

On l'appelle Vincent, ce sacré vieux fou !

Jean-Claude ne tenait plus en place. Il félicita le religieux pour ses recherches biographiques sur cette famille historique et prit congé de lui. L'enthousiasme de son jeune visiteur fit sourire son hôte. Jean-Claude promit de revenir avec les renseignements qu'il ne doutait pas un seul instant d'obtenir de l'ancien serviteur.

Suivant les indications du Père, il emprunta une petite route sinueuse jusqu'à l'embranchement d'un chemin forestier sur lequel il s'engagea. Un kilomètre plus loin, il arriva au niveau d'un ru qui coupait la route. Cependant, l'aménagement du gué témoignait de la force des eaux lors de gros orages. Au-delà, le chemin raviné devenait très chaotique. Sa voiture n'étant pas un 4 X 4 tout-terrain, il fut contraint de s'arrêter et de continuer à pied. Au bout de deux cents mètres, le chemin se rétrécit en un sentier chevrier abrupt, grimpant au flanc de la colline.

Aux chênes-lièges et aux bruyères succédèrent de vénérables châtaigniers au feuillage vert tendre assemblé en fraîches oasis au milieu de la flore rude et asséchée par l'été. Çà et là, quelques éboulis et pans de murs rappelaient que, jadis, des lieux de vie s'élevaient un peu partout dans le massif.

Le sentier déboucha sur un plateau. Jean-Claude fut étonné par la richesse de la végétation. Les lueurs roussies des cistes luttant contre l'assèchement estival voisinaient avec des bleus hérissés des piques des chardons sans plus heurter l'éclat joyeux des capitules jaunes des immortelles aux fragrances de curry. Des buissons de plantes aux feuilles duveteuses et blanchâtres se faisaient le refuge de guêpes bourdonnantes tandis que les feuillages coriaces et brillants de l'éternel myrte contenaient à peine ses effluves. Des lézards vifs et éperdus se frayaient un passage précipité sous des arbrisseaux ployés par la charge de petites baies noir bleuâtre. Les cigales invisibles stridulaient par vagues assourdissantes en voulant jouir du soleil pendant leur courte vie aérienne. Les premiers âges de la terre avaient parsemé le vieux mont de failles rocheuses bien avant toute vie humaine. De la vallée, on ne pouvait deviner ces splendeurs et Jean-Claude resta quelques instants émerveillé par la découverte.

Il reprit sa marche pour longer un étroit ravin au fond duquel s'alanguissait un cours d'eau quasi à sec. Il arriva au bas d'un grand pré légèrement pentu. Par le haut, dominait une vieille bastide défiant les années. À gauche, un peu en retrait, se trouvait un four à pain au foyer si vaste qu'on pouvait s'y tenir assis. Un lierre le coiffait comme un champignon. Un peu plus loin, à une dizaine de mètres de l'habitation, un puits en terre sortait de terre, surmonté d'une arche en fer supportant une grosse poulie. Ces témoins d'un passé prospère émurent profondément Jean-Claude. Les châtaigniers de part et d'autre de la maison étaient si imposants qu'il se demanda combien il faudrait être pour en faire le tour en se donnant la main. Peut-être quatre ou plus. Il continua le chemin qui longeait l'orée de la forêt et arriva devant la porte d'entrée de la grande demeure. Un petit chien blanc et roux aux longs poils frisons aboya puis vint le flairer sans manifester d'agressivité. Satisfait de son examen, l'animal partit en trottinant derrière le puits.

Intrigué par ces aboiements inhabituels, un vieil homme coiffé d'un béret, le visage ridé orné d'une superbe paire de moustaches blanches et d'une longue barbe tout aussi pâle, parut au seuil de la maison. Voûté par le fardeau des années, il avançait, aidé d'une canne. Parvenu à quelques mètres du visiteur, il le fixa d'un étrange regard délavé.

- Qui êtes-vous? Que voulez-vous? Je ne crois pas vous connaître!

- Bonjour monsieur, je me nomme Jean-Claude Mélutodénot. Voilà ! Heu... je viens de la part du curé de Marigud. Il m'a dit que vous saviez pas mal de choses sur ce village que j'aime beaucoup. Accepteriez-vous de m'en parler ?

- Allez-vous-en ! Je ne vous dirai rien de plus que ne sache le curé ! Marigud est mort ! Tous les anciens sont au cimetière. Les nouveaux qui ont pris leur place ne sont pas du pays. Ce n'est plus pareil, je ne connais plus le village à présent !

- Bien sûr monsieur, le progrès a fait changer beaucoup de choses, mais le passé d'un village ne meurt jamais. Nous sommes jeunes et différents de vous, cependant nous respectons les traditions. Ce serait formidable si vous acceptiez de me parler du Marigud que vous aimez, du Marigud que vous avez connu.

Le berger acariâtre scruta le garçon d'un air à la fois méditatif et méfiant. Brusquement, il, fit demi-tour en grommelant des mots inintelligibles.

Ne sachant pas très bien quelle attitude adopter, Jean-Claude le suivit. Le vieillard s'assit avec peine sur un banc près de la porte d'entrée et resta un long moment silencieux pendant que le jeune homme se dandinait d'un pied sur l'autre.

- Vous savez, monsieur Vincent, j'ai visité le village. Il est très beau, les constructions nouvelles respectent bien son architecture. Les ruines du château m'ont captivé. Il a dû être magnifique jadis.

Subitement, le vieux tapa avec colère de sa canne sur le sol.

- Passez votre chemin, monsieur. Cela ne vous regarde pas ! Ôtez-vous de ma vue ! Allez ! Disparaissez !

Catastrophé, Jean-Claude regarda le berger dont l'expression était devenue méchante dès qu'il avait prononcé le mot : château. Certain qu'au départ il avait été sympathique au vieux Vincent, il regrettait sa maladresse. Comment rattraper cette bévue ?

Tristement, il salua le berger en bredouillant quelques excuses et politesse et redescendit vers sa voiture.

À l'approche du gué il entendit un jappement de douleur. Il eut quelques difficultés à s'orienter parmi les bruyères, les cistes, les arbousiers aux baies presque mûres. Finalement il découvrit le petit chien du berger, la patte coincée dans un piège à renard. La pauvre bête se débattait. Le piège vieux et rouillé ne s'était refermé que partiellement, mais l'articulation était bien abîmée.

Jean-Claude défit sa ceinture, musela comme il put l'animal que la souffrance rendait fou. Avec beaucoup de difficultés, il le délivra, pestant contre les braconniers du dimanche.

- Que faire à présent ? Retourner chez son maître au risque de se faire éconduire ? Cette pauvre bête ne peut pas rester sans soins ! Tant pis pour l'enquête ! De toute façon, elle est mal barrée. Il faut que je trouve rapidement un vétérinaire...

Il installa le plus confortablement possible le petit blessé sur la banquette arrière. Il dut aller jusqu'au village voisin de Marigud pour le faire soigner. Le praticien palpa la patte de l'animal et certifia la cassure. Il endormit le chien, réduisit la fracture qu'il immobilisa par un plâtre. Lorsqu'il remit le blessé à Jean-Claude, le vétérinaire s'étonna :

- On dirait le chien de Vincent, le berger. C'est bien son chien, n'est-ce pas ? ajouta-t-il soupçonneux.

- Exact, c'est le sien, mais ne vous inquiétez pas, je règle la note et le lui reconduis. Je suis un de ses amis !

- Il aurait donc des amis ce vieux solitaire ? Enfin... dites-lui que je passerai dans quelques jours pour vérifier si tout se passe bien.

- Bien sûr, je n'y manquerai pas. Merci beaucoup de l'avoir pris de suite. Au revoir.

Jean-Claude ramena le chien amorphe à son maître. Il se gara à nouveau près du gué, mangea un sandwich, but un jus de fruit en s'évoquant la personnalité ombrageuse de Vincent. Personnage pittoresque, émouvant, s'effilochant dans le présent en une douloureuse nostalgie du passé. Il détenait la fragile mémoire de ses ancêtres. Après lui, qui saurait? Le petit blessé commençait à se réveiller et s'agitait spasmodiquement. Il peina pour le remonter là-haut. Il pesait lourd entre ses bras, glissait sans cesse, déséquilibré par le poids du plâtre.

En nage, enfin, il parvint devant la porte. Son cœur battait la chamade, à la fois d'angoisse, de fatigue, d'émotion; il appela :

- Monsieur Vincent... Monsieur Vincent... Ouvrez-moi! C'est moi qui suis venu tout à l'heure, monsieur Vincent. Je vous ramène votre petit chien. Il s'est blessé. Ouvrez-moi!

La porte était entrebâillée. Du regard, il prospecta la pièce et aperçut le vieil homme piquant un roupillon sur un lit, le long du mur de droite. Il poussa le battant. Vincent Efaru, dérangé dans sa sieste par le grincement, se hissa au bord du lit et, sourcils froncés, fixa le jeune homme.

- Encore vous! rugit-il. Je n'ai rien à vous dire. Foutez le camp! Mais... Qu'avez-vous fait à mon chien?... Qu'est-ce que vous lui avez fait? aboya le vieux berger.

- Rassurez-vous, monsieur Vincent. Pour l'amour du ciel, cessez de vous affoler. Écoutez-moi.

Les mains de Vincent, tremblantes d'émotion, se tendaient vers le chien, toujours dans les bras de Jean-Claude.

- Mon Titi... Mon Titi... Qu'est-ce qu'on t'a fait? Mon petit...

Bouleversé par les larmes qui coulaient sur les joues fripées du berger, Jean-Claude raconta comment il avait trouvé son Titi, et l'avait fait soigner. L'animal toujours dans les bras, il entra dans la maison pour le déposer sur le lit de Vincent Efaru. La pièce était sombre, le vieil homme gardait tous les volets légèrement entrebâillés pour se protéger de la chaleur. Jouant le tout pour le tout, il fit dignement demi-tour et sortit en disant :

- Le vétérinaire passera le voir bientôt. Je ne vous importune plus. Au revoir monsieur Vincent.

- Attendez ! Je vous dois de l'argent. Dites-moi combien ?

- Vous ne me devez rien, monsieur. Je suis content d'avoir sauvé votre compagnon, parce que je me rends compte à quel point vous êtes seul. Si vous saviez combien j'aurais aimé vivre votre jeunesse… !

Vincent caressait son chien :

- Si vous ne voulez pas d'argent, au moins, boirez-vous quelque chose ?

- Très volontiers, monsieur Vincent, il fait si chaud.

Le vieux fourragea dans un placard, sortit une bouteille de vin et deux verres d'une propreté douteuse. Le jeune homme n'en avait cure. Le vin tiède lui soulevait le cœur, mais que n'aurait-il pas fait pour séduire le berger.

Alors, le miracle se produisit…

Vincent mit ses coudes sur la table, croisa ses mains sous sa belle barbe et parla…

CHAPITRE II

- Oui, Marigud est un beau village. Il faisait bon y vivre. Je suis né au début du siècle, dans cette grande maison qui nous a abrités depuis mon ancêtre Barthélemy Efaru. Notre famille s'éteindra avec moi. Je n'ai eu qu'un fils. Il est mort dans un tragique accident à l'âge de seize ans. Il aurait épousé une fille du village. Je lui aurais transmis comme le firent tous mes aïeux, notre grand secret, celui des de Paliris. Les cris et les rires des enfants ne retentirent plus dans ces murs. Après ma mort, les promoteurs viendront tout réduire en poussière, y compris les fondations. Ils ne tourneront pas la page d'une histoire, d'une vie, d'un art de vivre, ils la déchireront. Tout sera transformé, moderne, sans âme c'est-à-dire éphémère.

Jean-Claude l'interrompit.

- Monsieur Vincent… Votre passé ne doit pas disparaître ainsi. Vous ne devez pas entrer dans l'oubli. Vous n'en avez pas le droit. Pensez à tous ceux qui ont grandi, se sont aimés, ont souffert, sont morts sous ce toit. Honorez leur souvenir, redonnez-leur la vie… Parlez-moi d'eux.

- Te parler d'eux ? Oui, pourquoi pas ? Il y a si longtemps que je les ai reculés au fond de ma mémoire.

Peut-être parce que tu as sauvé mon chien, mon bon compagnon, peut-être à cause de ton jeune enthousiasme, peut-être à cause des larmes que j'ai versées aujourd'hui pour la première fois depuis tant et tant d'années, enfin parce que tu m'inspires confiance ; je vais te parler de la princesse de Paliris, de sa vie, de son château, de son secret. Je te demande de ne pas me couper la parole et de faire bon usage de ce que tu entendras.

Si tu le veux, un jour, tu perpétueras la tradition des de Paliris auprès de tes enfants.

Jean-Claude frissonnait malgré la chaleur. Il eut un petit vertige. Était-ce le vin ? L'émotion ?

Le vieux semblait plus grand, sa voix plus grave, plus assurée. Son visage reflétait un recueillement intense et ses yeux semblaient s'éclairer d'une lueur de grâce. Son regard reprenait vie, comme si le bonheur renaissait dans ce corps meurtri par l'indifférence et la myopie existentielle de la génération taupinière de cette fin de millénaire.

- Le château, comme tu as pu le voir a appartenu à la famille des de Paliris mais, il y a eu plusieurs princesses de Paliris. Celle dont je vais te parler fut une femme hors du commun, que personne de nos jours ne pourrait comprendre dans le respect de son œuvre. C'est pourquoi, j'ai toujours refusé de toutes mes forces d'en conter l'histoire. À présent, je suis aux portes de la mort_

- Faut pas dire ça, monsieur Vincent.

- Je t'en prie, ne m'interromps pas. La vie est un gros livre dont chacun tourne ses propres pages. Moi, j'arrive à la fin de mon chapitre. C'est ainsi, et comme je n'ai pas de descendance, pourquoi pas toi ? Tu es arrivé à me fléchir. Sois digne de ma confiance et du secret que tu détiendras.

Jean-Claude respecta le silence demandé par le vieux berger. Sans s'en rendre compte, comme Vincent, il avait croisé ses mains sous son menton !

Ils étaient tous deux figés dans la pénombre de la grande salle, de part et d'autre de la table. L'un si âgé, si marqué par sa rude existence, l'autre si jeune, si vibrant d'impatience contenue.

- C'était en 1740. Cécile de Paliris, notre princesse, regagnait son terroir après un séjour à la cour du Roi à Versailles.

Elle voyageait dans son carrosse bleu et or frappé des armoiries du Domaine de Paliris. Un cœur rouge sur fond bleu nuit, surmonté d'une couronne d'or ornait les portières. Quatre superbes chevaux blancs tiraient l'attelage qu'escortaient huit cavaliers armés.

Au début de l'après-midi, l'équipage entrait dans la bourgade de Vermont, aux environs de Valence, quand ils furent arrêtés par un bruyant rassemblement de villageois vociférants. Ceux-ci en avaient contre six gardes à cheval qui traînaient un homme attaché par les poignets aux fontes d'une selle. Gênés par le cortège princier, le chef ordonna à ses hommes de faire halte. Chancelant, épuisé, le prisonnier tomba à genoux dans la poussière. Les chevaux nerveux piétinaient sur place, tiraillant les bras du malheureux, le ballottant comme un pantin.

Cécile, intriguée, se pencha par la portière. Immédiatement, elle vit le pauvre diable au bord de l'évanouissement, en loques, le corps lacéré de coups de fouet.

Intimidés par ce bel équipage, paysans et commerçants se turent. L'homme au sol releva la tête.

Son regard s'accrocha à celui de la jeune femme. Pour la première fois de son existence, il ne baissa pas les yeux.

Peu importait le rang princier de cette dame, il la contemplait, émerveillé. Toute la violence qui l'entourait ne parvenait plus jusqu'à lui. L'anéantissement, la peur le quittaient. Il ne voyait plus que ce splendide visage empreint de bonté, de force, de passion.

C'était comme dans un rêve. Il ne souffrait même plus. Un coup de fouet cinglant le fit choir sur le côté sans qu'il parût le sentir.

- Incline-toi, manant ! hurla son bourreau.

La porte du carrosse s'ouvrit, Cécile descendit, hautaine, sublime, drapée dans un long manteau de voyage mordoré. Deux d'entre eux avaient la main au pommeau de leur épée, les deux autres empoignaient fermement la crosse de leur pistolet, prêts à protéger leur souveraine. La tension montait dans la foule hostile. Cécile de Paliris s'avança à quelques pas du convoyeur qui avait frappé le prisonnier.

- De quel crime est donc coupable cet homme pour que vous le malmeniez ainsi ? interrogea-t-elle d'un ton sec.

- C'est un voleur, votre Grâce, répondit l'homme. Nous le conduisons au supplice.

- Au supplice ! Cette marche forcée n'en est-elle pas un ? Qu'a-t-il donc dérobé ? Quel châtiment réservez-vous à ce pauvre prisonnier ?

- Noble Dame, ce moins que rien a volé dans les cuisines de notre maître, le marquis de Corbois, du pain et des couverts en or et en argent. Il aura la main gauche tranchée, et si la leçon ne lui sert pas, qu'il vienne à recommencer, il sera pendu !

Cécile regarda à nouveau le pauvre bougre qui s'était péniblement relevé. Il tremblait de tout son corps, mais il la regardait, extasié. Il sursauta quand elle l'interpella.

- Mon brave, est-ce vrai que tu as volé ton maître ?

- Oh ! Noble Dame, j'ai volé, certes. Mais, que Dieu m'en soit témoin, de la nourriture seulement, rien d'autre qu'un peu de nourriture. Je vous jure que je n'ai pas volé les couverts, mais que vaut ma parole contre celle de ce monstre. Je ne voulais pas faire mal. Je suis berger dans la colline. Je garde le troupeau de notre maître. Une mauvaise fièvre a fait mourir mon épouse. Notre fils qui n'a que huit ans est bien mal aussi.

J'ai donné toutes mes économies aux médecins, apothicaires et fossoyeurs. Je ne peux plus faire soigner mon garçon. Il a faim ! Il faut qu'il mange. À présent me voilà enchaîné. On va me couper la main. Si je survis, que va-t-il advenir de nous ? Un sanglot étrangla les trois derniers mots.

Le pauvre condamné baissa la tête. L'enchantement était rompu. Il savait que son tragique destin allait s'accomplir. Résigné, soumis, il attendait.

Glaciale, Cécile apostropha le garde.

- Qui a donné l'ordre de cette mutilation sordide ?

- Notre maître, votre Grâce, le marquis de Corbois.

- Déliez les chaînes de ce malheureux, ordonna d'un ton impérieux la princesse de Paliris. Faites-le monter en croupe et conduisez-moi auprès de votre marquis.

- Mais…

- Il n'y a point de Mais ! Mes hommes sont en armes. Les villageois qui nous entourent ne prendront certainement pas votre défense. J'informerai notre bon sire le Roi de ces débordements cruels.

Décontenancés par l'autorité de cette belle jeune femme, les mercenaires de Corbois se sentirent assaillis par une sourde inquiétude. L'un d'eux descendit de cheval et humblement mit un genou à terre devant elle. La foule jusque-là silencieuse, se rangea à la cause de cette noble étrangère. Un lourd grondement réprobateur et menaçant monta, s'amplifia. Quelques paysans brandirent leurs fourches. C'est alors que le suppôt de Corbois défit fébrilement les chaînes du prisonnier. Le pauvre bougre fut installé en croupe sur un cheval.

Les gardes qui assuraient la protection rapprochée de la princesse remontèrent sur leurs chevaux. L'un d'eux partit en tête avec un des hommes du marquis prévenir ce dernier de l'arrivée de son auguste visiteuse.

L'entrée de l'attelage fit grand bruit dans la cour du château, mal tenue et encombrée de volailles, chiens, cochons en liberté.

Corbois, très excité à l'idée de recevoir une dame d'un si haut rang, s'était paré de son plus chatoyant costume et chevauchait un imposant pur-sang gris.

Sa mise élégante dissimulait mal le rustre qu'il était. Le justaucorps luxueux boudinait un ventre trop gras, la veste en satin brodé était maculée, le tricorne à large panache retenait mal les mèches fatiguées de la perruque poudrée. Son visage bouffi, couperosé, ses yeux exorbités, striés de vaisseaux sanguins, l'expression cynique de sa bouche, son menton effacé, tout en lui évoquait cruauté, beuverie, insolence. Il s'approcha du carrosse, se décoiffant d'un geste gauche et obséquieux.

- Votre Altesse ! Soyez la bienvenue. Je suis extrêmement flatté de l'honneur que vous me faites en daignant vous arrêter en mes terres.

Déjà, les valets descendaient le marchepied mais, Cécile resta assise, le visage sévère.

- Je doute fort que le but de ma visite soit un honneur pour vous, monsieur le Marquis. J'ai détourné ma route après avoir rencontré vos hommes malmenant un miséreux berger, sur vos ordres. Ils vont l'amputer de la main gauche. Est-ce bien exact ?

- Chère Princesse, eu égard au respect que je vous dois, il n'appartient qu'à moi de décider du châtiment à infliger à un voleur. Je dois faire exemple sur mes terres. Si nous laissions ces gueux agir à leur guise, ils nous prendraient tous nos biens et, pourquoi ne menaceraient-ils pas nos vies ?

Cécile était écœurée de tant de suffisance et de méchanceté. Elle sourit cependant et dit de sa voix la plus suave :

- Je vous comprends, mais je ne pense pas que le mal pour le mal soit dans ce cas la meilleure solution. Je trouve la sanction à l'encontre de votre berger, irréfléchie et totalement démesurée. Je viens donc, cher Marquis, acheter votre clémence et emmener ce pauvre homme. Je suis sûre que vous avez été mal informé et que votre grandeur d'âme ne saurait opposer un refus à mon désir de bonté, n'est-ce pas cher Marquis ? dit-elle avec un sourire narquois.

- Heu !.. balbutia le maître des lieux, pris de court.

- Savez-vous que le Roi appréciera beaucoup votre discernement et votre clémence, en ces temps où le peuple commence à ne plus accepter d'être exploité de façon irrespectueuse et outrancière.

Stupéfait, Corbois ouvrit la bouche, prêt à répondre vertement, mais il se contint à grand-peine. Il hésitait à céder à ses habituels accès de colère. La pensée qu'on puisse parler en mal de lui au Roi l'incita vivement à ravaler son orgueil. De plus, comment dire non à cette visiteuse si éblouissante. Le col du manteau de la princesse s'était entrebâillé et laissait entrevoir un ravissant décolleté. Bien décidé à tout mettre en œuvre pour la séduire, il se calma et fit bonne figure. D'autant plus que sa monture s'énervait, grattait le sol avec impatience, devenait difficile à maintenir en place.

Cécile s'amusait beaucoup de la gêne qu'elle occasionnait chez ce petit seigneur qui n'avait que le pouvoir de la force pour s'illusionner de grandeur.

- Vous n'êtes guère galant, Marquis. Cette conversation, vous en selle, moi en voiture, manque quelque peu de courtoisie. Aidez-moi plutôt à descendre, voulez-vous ? Pendant que nous réglerons les problèmes de ce malheureux, vos gens feront boire et manger mes hommes et mes chevaux.

Corbois sauta lourdement à terre, abandonnant son cheval aux soins d'un palefrenier. Il était encore plus repoussant au sol, ventru, poussif, court en jambes.

Il s'inclina devant la noble jeune femme qui daigna donner le bout de ses doigts à baiser.

Avant de se laisser conduire par son hôte, elle appela un de ses gardes à qui elle donna à voix basse quelques instructions.

Corbois détaillait avidement la toilette de son admirable visiteuse que le voyage n'avait nullement fatiguée.

Offrant son bras, il lui fit les honneurs de sa propriété, échangeant avec elle quelques banalités sur les vicissitudes de la vie de châtelain.

Quand Cécile proposa une bourse remplie de pièces d'or pour le pardon de son protégé, le marquis ergota, contrarié d'être commandé par une femme, fut-elle la plus désirable. Il prit tout de même la bourse qu'il s'empressa de faire disparaître dans une poche. Corbois était bafoué dans son autorité. Mais le mufle qui sommeillait en lui, lorgnait sur la gorge mise en valeur dans l'écrin de la robe sombre ; il en tremblait, imaginant cette poitrine durcie sous ses caresses. Jamais il n'avait reçu, en ses terres inhospitalières, une aussi séduisante beauté qui, de plus, avait du caractère et était admise à la cour. Cependant un fond de crainte et de bonne éducation l'empêchait de laisser libre cours à ses libidineuses intentions.

Cécile, patiente, feignait d'écouter les compliments lourds de sous-entendus que débitait son soupirant, attendant que ses ordres soient exécutés.

Enfin, son chef d'escorte fut annoncé. Il s'inclina respectueusement et dit :

- Tout est en place, votre Grâce.

- Parfait ! Merci mon bon Jérôme. Vous pouvez faire atteler, nous partons !

S'adressant au marquis, elle ajouta avec son plus gracieux sourire :

- Il se fait tard, cher ami. Je vous remercie de votre compréhension et de votre hospitalité. Je ne manquerai point d'en faire part à notre bon Roi.

- Je... je vous en prie, madame, dit Corbois en se levant de son siège aussi vite que sa corpulence le lui permettait. Vous ne pouvez point partir déjà ! J'ai fait préparer un fin souper, donné des instructions pour que vos gens soient bien soignés, vos chevaux bien bouchonnés et avoinés. De plus, les chemins sont peu sûrs la nuit, les brigands rôdent partout.

- Je suis sous bonne escorte mon cher Marquis ! N'insistez plus. Il nous faut reprendre notre route.

Corbois en aurait presque pleuré. Il avait exceptionnellement gracié un de ses bergers, accepté de le voir partir. En retour, il espérait bien passer un bon moment avec cette satanée femelle.

À sa grande déconvenue, il ne trouva pas les mots qu'il aurait voulus, pour la convaincre de rester. Elle dégageait une sorte de magnétisme, de force, malgré sa jeunesse et son apparente fragilité. De plus, elle était admise à Versailles et le Roi n'aimait guère les petits seigneurs despotes et trop indépendants. Il serait sans doute bien maladroit de lui déplaire. Il soupira tristement, louchant une dernière fois sur la taille si fine, les seins si tentants, avant qu'ils ne soient cachés par le manteau.

- Je suis votre serviteur, madame ! Permettez-moi de vous accompagner.

Il crut bien mourir de colère rentrée quand il vit, juste derrière le carrosse, une voiture bien bâchée, tirée par un robuste mulet. Aux côtés du cocher était assis son voleur de berger, soigné et pansé, chaudement habillé, serrant contre lui un enfant emmitouflé dans une couverture.

Jérôme prit le petit garçon dans ses bras et le porta avec beaucoup de précautions dans le carrosse armorié où Cécile avait pris place. Tendrement, elle caressa le petit visage émacié.

Le convoi s'ébranla et disparut au loin, laissant derrière lui un marquis aux yeux révulsés de fureur, hurlant et donnant de la cravache sur tout ce qui se trouvait à sa portée. Les valets riaient sous cape. Derrière elle, la princesse avait laissé du rêve dans les yeux et le cœur des gens du château.

C'est ainsi que mon ancêtre Barthélemy Efaru entra dans la légende des de Paliris.

Vincent avait mis tant de ferveur à narrer l'histoire de son lointain aïeul, que Jean-Claude eut l'impression d'en avoir été le témoin privilégié.

À présent silencieux, il semblait continuer seul son voyage dans le passé. Le jeune homme faillit lui crier : "Attendez-moi !" Quelques minutes plus tard, la voix cassée reprit enfin :

- Mon ancêtre Barthélemy vécut longtemps au service de la princesse. Son fils Charles guérit, se maria, eut des fils, ainsi de suite jusqu'à moi.

La vie au domaine de Paliris était comme nulle part ailleurs. La princesse n'y gardait que ceux qui acceptaient sa discipline et vivaient en harmonie avec le serment qu'elle leur faisait prêter quand ils entraient à son service.

Pour ceux qui naissaient au Domaine, elle attendait qu'ils fussent en âge de vivre à deux pour leur faire prêter serment.

Elle permettait à toutes les familles d'avoir sa maison, son lopin de terre, son bétail. En échange, tous participaient à l'entretien du château et des terres attenantes.

À leurs épousailles, les jeunes gens prenaient possession de leur demeure que la communauté des Palirisiens avait bâtie ou rénovée, meublée et fleurie pour eux.

- Excusez-moi de vous interrompre monsieur, connaîtriez-vous la teneur de ce serment ? demanda Jean-Claude subjugué.

- Le texte est arrivé jusqu'à moi, le voici :

"Je m'engage devant Dieu, devant les hommes, devant toi ma vénérée Princesse, d'aimer, respecter mon prochain, d'honorer celui ou celle dont je partage la vie, de donner dans l'amour tous les plaisirs que nous, Palirisiens, avons le bonheur de connaître par la grâce de ton conseil.

"Parce que je détiens les secrets du plaisir, je le transmettrai à mes descendants.

"Je te dois obéissance et je continuerai jusqu'à ma mort de te servir et de faire prospérer ton domaine.

"Que je sois chassé ou privé de la vie si je venais à manquer à ma promesse."

Nous avons tous prêté ce serment en hommage à notre bienfaitrice, mais hélas son grand secret du plaisir n'est pas parvenu jusqu'à moi. Il ne me reste en mémoire que les récits des anciens, dont je suis le dernier conservateur.

La princesse était une fervente de l'amour, mais aussi une femme d'une grandeur d'âme et d'une intelligence indiscutables. Aux veillées, on nous racontait les fastes de la vie du château. Il y avait beaucoup de réceptions, particulièrement aux beaux jours.

En ce temps-là, le libertinage était chose commune et presque toujours à la fin des banquets, les couples excités par la bonne chère, les vins capiteux, la musique, disparaissaient dans les jardins pour donner libre cours à leurs désirs. On s'y livrait à des jeux amoureux sans souci de pudibonderie. Cependant, notre princesse ne participait pas aux ébats de ses convives. Le plus souvent elle se retirait seule, dans ses appartements. Certains soirs, un soupirant y était admis, mais il arrivait qu'on le voie, eu égard au rang, s'enfuir, la mine défaite de tristesse ou escorté sans ménagement par de solides valets.

Quand elle donnait de grandes fêtes, tous les habitants du domaine étaient ses invités. Pour eux, elle organisait d'immenses banquets, faisait dresser des fontaines à vin, engageait des troupes de saltimbanques. On raconte que parfois, elle se costumait en femme du peuple et se mêlait à ses sujets, tant dans le but de mieux les connaître que pour son propre plaisir. Elle adorait se retrouver parmi ces gens simples et heureux de vivre. Par discrétion, elle empruntait une porte dérobée qui débouchait sur un chemin situé derrière le château.

Chaque enfant naissant au Domaine recevait six pièces d'or et devenait Son filleul.

- Quelle femme !... fit Jean-Claude rêveur. Comme j'aurais aimé être son serviteur.

- Si tu savais mon petit combien je te comprends. Pour en revenir à ces enfants, elle ne se contentait pas d'en être la marraine. Elle dirigeait leur éducation, précédant à sa manière l'école laïque. Ils apprenaient à lire, écrire, compter et, en fonction de leurs aptitudes, elle leur faisait apprendre un métier. Certains même purent aller étudier dans des facultés. Pour satisfaire aux besoins de cette jeunesse, elle employait des jeunes filles de la petite noblesse des environs.

Cela créait bien quelques révoltes d'orgueil parmi ces damoiselles, mais Cécile les gagnait toujours à sa cause par la douceur, la force de son pouvoir sur l'amour et le plaisir.

Quand il y avait querelle dans un ménage, elle écoutait avec beaucoup d'attention les doléances des antagonistes, leur donnait de bons conseils, leur recommandait le respect mutuel et les joies de l'amour en réconciliation.

Ainsi, vivaient dans cette contrée paradisiaque, Palirisiens et Palirisiennes, enviés par les communautés avoisinantes.

Cette douceur de vivre devait basculer dans l'enfer, le jour où Hamoc, seigneur d'un duché voisin, avide de gloire, de pouvoir, de richesse, jaloux, envieux, cupide, moult fois éconduit par notre princesse, prit d'assaut le Domaine, brûlant tout sur son passage.

Nul ne sut pourquoi, Cécile ne se sauva pas. Elle périt dans les flammes qui ravagèrent le château où tant de bonheur avait été perpétué.

- Quelle fin injuste, soupira Jean-Claude.

- Tu comprends, reprit Vincent, pourquoi je protège tant la mémoire de notre princesse. Sa bonté, sa grandeur d'âme passaient au-dessus de tout. Elle avait su offrir à ceux qui la côtoyaient la sérénité, le bonheur, l'union, en permettant aux hommes de savoir aimer, aux femmes d'être comblées, et par-delà cette philosophie à devenir meilleur.

Si tu peux comprendre cela sans sourire ni penser à mal, c'est que tu es digne de continuer la tradition. Ce sera peut-être difficile pour toi, jeune, moderne, pris dans une société si différente, mais pourquoi ne pourrais-tu pas sublimer l'amour toi aussi ?

Un peu gêné, Jean-Claude ne savait trop quelle contenance prendre. Toutes ces révélations se bousculaient dans sa tête. Il aurait écouté le berger des heures durant. Cependant, quelque chose le tracassait.

- Dites-moi, monsieur Vincent, reste-t-il des traces de la porte secrète ?

- On la devine encore, juste derrière les ruines. À flanc de colline, là où subsistent trois marches donnant sur le versant.

- Je présume que Cécile n'escaladait pas la paroi lors de ses sorties incognito ?

Vincent repoussa sa chaise, se leva péniblement, saisit sa canne et dit à son jeune vis-à-vis :

- Viens avec moi ! Du seuil de la maison, on voit l'emplacement de ces marches.

Ils allèrent ensemble sur le pas de la porte. Leurs yeux clignaient sous le contraste entre la pièce fraîche et sombre où ils devisaient et la luminosité orageuse de l'extérieur. Une bouffée de chaleur assaillit leur visage. Le berger prit appui sur sa canne qu'il tenait dans sa main gauche et tendit un doigt noueux de sa main droite en direction de la colline, face à eux.

- Vois mon garçon, un peu sur la droite, en haut, vers où sont les ruines, là où les arbres se font plus rares, pointent des rochers… Les fameuses marches sont là. Elles mènent à un étroit sentier qui descend vers la gauche, sur cent à cent cinquante mètres. En même temps que ses explications, son bras droit pointait l'endroit décrit. Il débouche sur un petit plateau. Tu l'aperçois ?

- Oui, oui, je le vois.

- Bien ! Au fond de ce petit plateau, dans les broussailles les plus touffues, tu trouveras l'entrée d'une grotte. Elle devait servir d'écurie secrète au temps de la princesse, car on y trouve encore des anneaux scellés aux parois, des mangeoires creusées dans la roche et une grande dalle en pierre qui devait faire office de table et de couche.

- On croit rêver, murmura Jean-Claude. Quelle fantastique histoire ! Quelle femme étrange que cette princesse. Mais cette grotte, n'est-elle pas protégée ?

- Non. Jadis, elle fut longtemps domaine privé. À présent, plus personne, hormis quelques rares chasseurs, ne connaît son existence ou ne s'y aventure. De plus, comme je te l'ai dit, la nature a repris sa place et a obstrué l'entrée. Il faut vraiment savoir qu'il y a une grotte là derrière. Elle porte le joli nom de « Grotte des Fleurs Perdues ».

- Y a-t-il une signification derrière ce nom ?

- Certes ! Elle est aussi simple que poétique. Autrefois, elle abritait souvent les premières amours des filles et garçons du pays. J'y ai vécu moi-même mes premiers émois amoureux, et y honorai celle qui fut ma compagne pendant trente-cinq ans.

Jean-Claude regarda Vincent, attendri, quelque peu désolé d'avoir réveillé tout un passé nostalgique. Il prit la vieille main déformée entre les siennes et dit :

- Je ne sais comment vous remercier cher monsieur, vous m'avez fait faire un fabuleux voyage dans le temps et découvrir un personnage extraordinaire. Votre confiance me touche profondément.

- Ne me remercie pas petit ! Il y a bien longtemps que je n'ai plus parlé à personne de cette noble dame. Au village on me tient pour un vieux fou. La mémoire de notre princesse ne s'effacera pas avec moi. Elle t'a, à présent, comme jeune témoin. Je peux mourir en paix.

- Ne dites pas ça ! Vous ne partirez pas encore, cher monsieur. Je reviendrai vous rendre visite à la fin de l'été et vous me parlerez encore d'elle. Je vais retourner aux ruines du château. Avec tout ce que vous m'avez appris, je les comprendrai mieux. Ensuite, je visiterai la grotte. Je prendrai des photos que je ferai développer en double pour vous les donner... J'espère que votre chien guérira bien vite.

Il se retourna vers l'animal et pensa :

"Mon pauvre petit, ta souffrance est ma providence. Sans toi, je n'aurais jamais su la belle histoire de Cécile de Paliris."

Il s'adressa à nouveau au vieux berger :

- Je dois regagner le village. Au revoir, monsieur Vincent... portez-vous bien, et mille fois Merci ! Vraiment, mille fois merci !

- Au revoir pitchounet... que Dieu te garde !

Vincent se dirigea au ralenti vers l'entrée de sa maison. Sa silhouette décharnée, émouvante, fut absorbée par l'obscurité de la grande salle. Pensif, Jean-Claude hocha la tête. Il devait y avoir un fond de vérité dans tout ce récit, mais aussi beaucoup de fabulation faisant au fil des siècles, de cette princesse à la personnalité originale, une légendaire déesse de l'amour.

Il se sentait, malgré lui, investi dans son histoire, conscient et troublé d'être le relais des traditions palirisiennes.

Il prit à pas lents le chemin du retour. Il avait l'impression d'être un autre. Il ressentait les reliefs du paysage, les odeurs, les bruits, avec une intensité nouvelle.

Le cœur gonflé d'un sentiment candide, il esquissa quelques pas de danse et se mit à rire, heureux. Il dévala le sentier chevrier et cria de toutes ses forces :

- Cécile ! Me voici !... Rendez-vous à la grotte…

L'écho de ses cris retentit à ses oreilles. En une fraction de seconde, il redevint ce qu'il avait été jusqu'à ce matin : Jean-Claude Mélutodénot, amateur d'histoire, amant éphémère, à coup sûr, de la délicieuse Corinne.

Le paysage soudain, perdit sa magie. La fatigue se faisait sentir. Depuis l'aube, il était sous tension. Il décida de regagner le village, prendre un bon café, puis, fort de ses nouvelles connaissances, examiner à nouveau les ruines.

Le barman qui l'avait accueilli à son arrivée lui servit un expresso corsé et lui indiqua la rue qui menait au parking du château. Il resta un peu assis à la terrasse, laissant traîner son regard sur les jolies estivantes si peu vêtues. Il ne put s'empêcher de penser que la femme du vingtième siècle avait un sacré privilège de pouvoir s'habiller aussi légèrement. Il subodorait que l'habit féminin du dix-huitième siècle devait être un calvaire thermique sous le soleil caniculaire de la Provence.

Il était seize heures lorsqu'il gara sa voiture sur l'aire de stationnement prévue pour les visiteurs. Il prit la lampe de poche qui se trouvait dans la boîte à gants, mit sur ses épaules son sac à dos, puis verrouilla la porte de la voiture. Il dut emprunter le chemin en terre qu'il avait suivi le matin même, pour accéder à l'entrée principale du parc.

Les ruines lui semblaient désormais palpiter de la sourde vibration de ces destins accomplis antan dans la philosophie de la paix et du bonheur. Il ne pouvait empêcher son imagination de composer des images de ces gens heureux, inspirés et protégés par cette étonnante souveraine, puis si tragiquement décimés dans la barbarie.

Il gagna rapidement l'esplanade, la traversa et se retrouva devant la porte béante. Les maillons de fer interdisaient le passage, en prévenant des risques d'éboulement. D'un regard, il scruta les environs et ne dénota aucune présence. Il enjamba la frêle interdiction et continua sa prospection en progressant prudemment dans le couloir. En amateur averti, il devinait la disposition et l'agencement des grandes salles. Soudain, à l'intérieur de ce qui semblait avoir été une chambre ou un bureau de dimension plus modeste, un éboulis de pierres attira son regard. La présence, dans ce tas de pierres ordinaires, d'incrustations de marbre veiné de blanc l'intrigua. Il supposa que c'étaient là les vestiges d'un manteau de cheminée. “Chaque chose en son temps, se gourmanda l'historien en herbe. L'étude du plan de l'édifice attendra un peu”.

Il revint dans le couloir et atteignit la cour arrière du château. À quelques pas de là, s'amorçait le versant de la colline. Le sentier évoqué par le vieux Vincent pour parvenir à la grotte devait être proche. Il ne lui fallut que quelques minutes pour deviner des blocs de serpentine grossièrement taillés pouvant faire office de marches sous les ronces et la terre. Il les dégagea en raclant des pieds et déboucha sur une sente envahie d'herbes. En contrebas sur la gauche, un ruisseau alimentait une petite retenue d'eau naturelle, creusée dans le granit. Entourée de roseaux, elle ne devait être visible que de ce point élevé d'observation. De l'autre côté du vallon, il reconnut la maison de Vincent blottie près de sa châtaigneraie.

Se frayer un passage dans cet enchevêtrement d'arbres et d'herbes hautes ne fut pas tâche aisée. Griffé par les aubépines et les ronces, il parvint néanmoins à un plateau déboisé, de modeste dimension. La rectitude du pourtour, la parfaite horizontalité du plan certifiaient l'action de la main de l'homme et correspondaient à la description qu'en avait faite le vieux berger le matin même. Jean-Claude envisagea aussitôt que la fameuse grotte devait se trouver tout près. L'amorce d'une allée semblant descendre dans les taillis, rendue infranchissable par les bruyères noueuses et touffues, piqua sa curiosité. Il regarda attentivement cette nature livrée à elle-même et réfléchit.

Les chênes, devant lui, étaient de toute évidence plus jeunes que l'ensemble des autres. Il en déduisit que les arbres avaient dû recoloniser, au fil du temps, cet espace laissé à l'abandon. Aucun doute, ce ne pouvait être que le chemin de naguère et l'entrée de l'écurie secrète devait donc y faire face. Jean-Claude cassa une branche d'acacia, en fit une perche assez longue, pour sonder les fourrés. La première tentative fut infructueuse. Il recommença quelques mètres plus loin et découvrit l'ouverture de la caverne. Il écarta tant bien que mal la dense végétation qui la dissimulait, pour se frayer un petit passage.

Le sol recouvert de sable fin un peu ocre, les parois moussues tapissées de toiles d'araignées, se perdaient dans la noirceur de la galerie. Bouleversé, Jean-Claude resta un moment à humer l'air épais et âcre qui emplissait cet obscur couloir, puis il alluma sa lampe électrique et pointa son faisceau lumineux vers le fond.

La voûte était haute, il était facile d'imaginer un cavalier et sa monture défiler dans ce sombre corridor.

Intimidé, un peu comme on entre dans un sanctuaire, il suivait le couloir à petits pas prudents. Sept à huit mètres plus loin, celui-ci obliquait sur la gauche tout en conservant les mêmes proportions. Quelques mètres et Jean-Claude atteignit une salle.

La lampe n'était pas assez puissante pour en évaluer distinctement les dimensions. Le cœur du jeune homme se mit à battre plus fort quand le pinceau de lumière fit sortir du néant un anneau en fer rouillé, scellé dans la muraille. Il en découvrit un autre, à côté. Le rond lumineux fit apparaître, juste en dessous, deux évidements dans la roche. Leurs bords rectilignes amenaient à conclure qu'ils avaient dû être creusés pour servir de réceptacles, comme des mangeoires par exemple. À leur pied se devinaient des restes de murets ayant pu servir de support au bat-flanc de stalles. Ainsi, l'idée d'écurie secrète se confirmait.

Songeur, il contemplait ces témoignages probants du passé, traces de vie de cette dame de rang princier. Le vieux Vincent n'avait pas fabulé et n'était pas aussi fou que les gens aimaient à le dire.

Il fit le tour de la salle, regrettant amèrement de ne pas s'être mieux équipé pour s'éclairer.

Une masse imposante se dessinait dans la faible lumière. Il constata au toucher que c'était une juxtaposition de deux blocs en pierre, d'un mètre de côté et haut de soixante-dix centimètres. Le dessus, davantage poli, lui laissa envisager que ce ne devait être qu'un sommier d'appoint ou un établi de fortune, lors d'un quelconque coup dur. Il sourit, amusé, en imaginant les jeunes amoureux s'ébattant sur un plan aussi peu confortable.

Il y avait trop à voir pour continuer ainsi. Jean-Claude décida de regagner au plus vite le village pour y acheter une torche électrique puissante et un appareil photo.

Il éclaira le sol et entrevit, parmi les brindilles qui le jonchaient, un bout d'étoffe qu'il dégagea du bout de son bâton. Quelle ne fut pas sa surprise de reconnaître en cette loque, un soutien-gorge dont le modèle était si ancien, qu'il rappelait les gravures de mode des années mille neuf cent trente. Il ne put s'empêcher d'être à la fois moqueur et attendri. Qui avait bien pu perturber les tourtereaux pour que la fuite soit rapide au point d'en oublier cette pièce de lingerie?

Peut-être, avait-il croisé, dans les respectables dames marigudoises, l'ex-jeune coquine fuyarde.

Il mit la pièce à conviction dans son sac pour mieux l'examiner au jour. Apparemment, il n'y avait plus grand-chose à découvrir. Çà et là traînaient quelques plumes d'oiseaux, quelques cartouches, hélas aussi quelques canettes de bière oubliées par les rares chasseurs connaissant encore l'endroit. Indices déplorables du passage d'une humanité moderne dans cet antre séculaire.

L'exploration était terminée pour le moment. Jean-Claude laissa son bout de bois contre la paroi et remonta la galerie. La tension nerveuse était tombée. Son sac pendant au bout de son bras, il marchait d'un bon pas, perdu dans ses rêveries. Soudain, il se prit le pied dans un branchage à demi enterré. Déséquilibré, il lâcha tout et tomba lourdement contre la paroi, les mains en avant. Il ne l'avait pas cru si près et se fit assez mal.

Pestant contre sa maladresse, il chercha à tâtons la lampe. Dans la chute, le verre et l'ampoule s'étaient brisés. Elle était hors d'usage.

Il remua le poignet dans tous les sens, fermant et dépliant les doigts. Sa main gauche était endolorie. Un petit craquement se produisit et la douleur disparut.

"Ouf! Je crois que ça s'est remis en place. Par chance, la sortie n'est pas trop loin. J'ai le temps de regagner ma voiture et de revenir avant la nuit."

Il se releva, s'épousseta et reprit son chemin. Il s'arrêta net et demeura immobile, perplexe.

"Mais... il semblerait que le mur ait bougé quand je me suis cogné. Je ne rêve pas, ça a bougé... Non ce n'est pas possible, c'est la colline. Je deviens complètement barjo avec cette histoire. Il est temps que je file d'ici."

Il allait repartir, mais au fond de lui, une petite voix lui soufflait : “Mais si ! le mur a bien bougé ! Tu devrais vérifier. Si tu pars maintenant, tu ne retrouveras peut-être plus l’emplacement précis de ta chute.”

En tâtant la paroi moussue, il revient en arrière. La roche se mit subitement à bouger. Comme un éclair, un frisson descendit son dos comme un éclair. Ces quelques secondes de stupeur passées, il se ressaisit. Par des pressions plus fermes, il sentit un mouvement de pivot de la roche. Fébrile, il fouilla dans son sac pour y chercher des allumettes. Il en gratta une. La faible lueur vacillante lui permit tout de même de constater que la muraille pouvait s’ouvrir, mais était bloquée par une grosse pierre située derrière elle. L’idée d’utiliser un bras de levier pour déplacer l’obstacle devint une évidence dans son esprit. Il récupéra son bâton pour progresser par à-coups. Brusquement, le bloc bascula et la lourde porte céda dans un mouvement de rotation vers la droite. Derrière, le noir de la parfaite obscurité.

CHAPITRE III

Abasourdi, pétrifié, il hésita à pénétrer dans l'inconnu. Il entendait son cœur battre plus vite, ce qui ne faisait si besoin en était, que lui confirmer son état d'angoisse. Il devait accepter l'évidence. Devant lui s'ouvrait un lieu secret inviolé depuis des siècles et c'était à lui que cette chance inespérée arrivait.

Nerveux, il gâcha deux allumettes et s'affola. Il n'en restait plus beaucoup. Enfin, la troisième prit. Il tendit haut devant le frêle éclairage et avança à tout petit pas, en tâtonnant le sol du pied droit par peur de tomber dans des oubliettes. Jean-Claude franchit le seuil de ce qui parut être une vaste pièce. La noirceur ténébreuse et le silence de ce lieu lui donnèrent l'impression d'entrer dans la mort. Il saliva plusieurs fois, cette évocation macabre asséchait sa bouche. Tout près, à sa gauche, fiché contre le mur, il vit un flambeau. Il dut lâcher l'allumette qui se consumait entre ses doigts et en craquer une autre. Le flambeau en bronze sculpté portait, providence, deux bougies couvertes d'une fine poussière grise. Il les alluma.

Fasciné, il vit les flammes bleutées grandir, se stabiliser, répandre autour d'elles une pâle lumière.

La salle paraissait immense, au-delà de la lueur des chandelles. Peu à peu, l'esprit de Jean-Claude redevint lucide.

Se remémorant les révélations du berger, il comprit qu'il était en train de sortir du long sommeil des siècles le passage secret de l'étrange et fantasque Cécile de Paliris.

Combien de soupirants enamourés avaient eu le privilège de franchir cette porte ? Machinalement, ses doigts caressèrent les aspérités de la roche. Malgré la faible pression, l'énorme battant rocailleux pivota pour murer l'ouverture dans un effrayant claquement sec. Un goût de bile monta à la bouche du jeune homme. Les poils de ses doigts se hérissèrent. Au bord de la panique, il se remémora les pièges diaboliques, les chausse-trappes infernales qui truffaient les passages secrets empruntés dans les temps anciens. Leur efficacité était si redoutable que même les plus valeureux s'en défiaient. Il palpa, angoissé, toute la surface. Comment faire basculer à nouveau vers soi ce lourd vantail ?

"Calme-toi, mon vieux, se dit-il. Jusqu'à présent tu as eu une chance du tonnerre. Réfléchis... Si c'est bien le passage secret de la princesse, il y a forcément un système adapté d'ouverture et de fermeture, pour qu'elle puisse l'actionner sans peine. Il lui fallait bien pouvoir entrer et sortir en toute discrétion, donc, sans l'aide de quelqu'un."

Il finit par trouver, après quelques instants anxieux, une grosse poignée pendue au bout d'une chaîne reliée à un système de contrepoids, situé un peu plus loin. Il tira dessus et, docile, la paroi s'ouvrit. Il poussa un gros soupir de soulagement. Sa nature curieuse le poussa à chercher, côté couloir souterrain, le mécanisme. Il le découvrit sous la forme d'une tige de fer, bien dissimulée dans une anfractuosité naturelle.

"Beau ! Très beau travail. Inaltéré par le temps, et de plus masqué par les mousses et la pénombre. Ça ne m'étonne pas que cette porte soit restée ignorée. Merci, vieille branche de m'avoir fait tomber."

Rassuré quant à la possibilité de ressortir, il revint dans la salle pour entreprendre son voyage dans le passé, en longeant la paroi de droite. Il observa que le mur était taillé dans la roche granitique et le sol recouvert de grandes plaques de serpentine. L'atmosphère était humide, oppressante, vaguement âcre. Il pensa que cela venait des vieilles bougies qui fumaient à grosses volutes blanches. Vers le fond, juste au-dessus de ce qui ressemblait à une paillasse taillée dans la roche, il vit plusieurs étagères de marbre courir le long du rocher mural sur lesquelles s'alignaient des pots de terre et des cornues. Jean-Claude frissonna. Il aurait juré se trouver dans l'antre d'une sorcière. Il ricana, sarcastique, peut-être aussi pour se tranquilliser.

Les pots étaient petits, tous de la même taille, fermés d'un couvercle également en terre cuite. Il put distinguer une inscription sur certains d'entre eux malgré la poussière et les voilages tissés par les araignées. Il en prit un au hasard et l'essuya avec son mouchoir. Il lut, incrédule : cantharide.

Il l'ouvrit. Ne subsistait au fond du récipient qu'un dépôt noirâtre et dur qu'il ne put attaquer qu'en le grattant avec l'ongle. Il le remit en place, en prit un autre : ylang-ylang.

Ce nom lui disait quelque chose.

“Ah oui ! J'y suis. C'est un aphrodisiaque de Malaisie”.

Sur le suivant, il lut : gingembre.

“Tiens, tiens, fabriquait-on ici des philtres d'amour ?... Chère Princesse, il semblerait que vous mettiez tous les atouts de votre côté. Tout ceci est vraiment mystérieux.”

Ainsi, dans chaque pot, devait être conservés les ingrédients des recettes ahurissantes qu'imaginaient les apothicaires de cette époque pour satisfaire les plus folles ambitions des courtisanes en mal d'intrigues galantes.

Cet intermède l'avait un peu détendu. Un brin d'angoisse s'était estompé, mais son pas n'était pas encore très assuré lorsqu'il continua son exploration, le long du mur. Un autre flambeau apparut, vide de bougies. Jean-Claude observa celles qui brûlaient. Elles fondaient peu, mais décidément, dégageaient une odeur entêtante. Il buta contre un angle, puis, sur l'autre mur, découvrit une porte en bois clouté de dimensions classiques, armée d'une énorme serrure. Il tourna la poignée de cuivre ouvragé, tira, poussa…

- Mince!... Elle est fermée. Que peut-il bien y avoir derrière? Bon! Je ne vais pas perdre mon temps là-dessus. Je verrai ça plus tard.

Il fit quelques pas. À nouveau un angle, encore un flambeau sans chandelle, puis une table assez grande, apparemment en acajou, agrémentée d'une fine marqueterie représentant un cœur surmonté d'une couronne.

Pensif, il réentendit la voix de Vincent narrant l'aventure de son aïeul : "Son carrosse bleu et or, frappé des armoiries du domaine de Paliris : cœur rouge sur fond bleu nuit, surmonté d'une couronne d'or." Il avait devant ses yeux la confirmation émouvante qu'il était bien dans les appartements secrets de la princesse.

Au-dessus du motif trônait un précieux encrier de cristal, dans lequel l'encre séchée avait figé une plume d'oie.

Jean-Claude tendit la main libre, puis se ressaisit. Une sorte de pudeur l'empêchait d'achever son geste. Cécile avait peut-être écrit avec cette plume. Ne pas profaner ce fragile témoin qu'il imaginait arabesquer* sur le papier. Il hocha la tête, en se parlant : "Tu es en plein délire, mon pauvre ami." Comme pour se désenvoûter, il releva la tête, ébouriffa ses cheveux, s'étira. L'ampleur du geste déplaça la faible lumière des bougies et fit jaillir une forme de la pénombre. Surpris, le jeune homme eut un vif mouvement de recul. À deux pas,

---

* *arabesquer : dessiner des arabesques.*

un tableau posé sur un chevalet représentait, en pied et grandeur nature, une femme habillée d'une somptueuse robe de dentelle et broderies. Son visage d'une beauté saisissante s'égayait d'un mince sourire. Une lourde chevelure noire ornée d'un diadème couvrait ses épaules. Son décolleté révélait une superbe poitrine, mise en valeur par un majestueux collier.

- Bon sang ! Qu'elle était belle, murmura Jean-Claude subjugué. Quels beaux yeux verts ! Était-ce Cécile ?

Son regard allait du portrait à l'encrier, quand sous la table, il vit un siège en bois travaillé, tapissé de velours. Il l'amena vers lui, puis s'assit. La fière satisfaction de poser ses fesses sur ce siège où certainement Cécile de Paliris avait elle-même posé son adorable séant deux siècles auparavant, le fit frissonner. Ses yeux fouineurs découvrirent que la table possédait un tiroir. Il l'ouvrit. Une liasse de feuillets couverts de fins caractères se trouvait à l'intérieur.

Dépassé par tout cet enchaînement impensable d'événements, il s'en saisit de façon machinale. Il cala ensuite son flambeau du mieux qu'il put pour examiner les pages. L'écriture, bien que très serrée et agrémentée d'arabesques, était lisible. Sur le premier feuillet, il lut une suite de mots et de chiffres superposés dont il ne comprenait pas le sens : pièces - porte - ferme - 5O - 3N - 5C - lit - creuse. Il se demandait ce que cela pouvait bien signifier, mais ne trouvait aucun rapport avec ce qu'il connaissait de la princesse. Avide de savoir ce que pourrait révéler ce texte, il passa au feuillet suivant et se mit à lire.

CHAPITRE IV

“Ce jour du vingt janvier de l’an de grâce 1747 est celui de ma mort. Avant de disparaître, je tiens à écrire ces quelques lignes, afin que vous sachiez qui j’ai été, quels furent mes devoirs, mon idéal de vie, mes passions sur cette terre. Dernière descendante de la grande lignée des Paliris, moi Cécile, je vous demande d’être très attentifs à ce qui va suivre. Notre plus ancienne ancêtre connue, Nantilde, était, selon ce qu’il nous a été transmis, d’une rare beauté. Elle fut remarquée par un chef romain, lors d’un passage de ce dernier en Gaule. Il l’adora dès le premier regard. Amoureux fou, il la fit enlever et conduire à Rome où elle devint sa femme. Nommé gouverneur dans la région d’Apollonia, à des miles au-delà des mers en direction du sud, il vécut avec elle des années de bonheur passionné. Une fille naquit de leur amour.

On raconte que l’époux de Nantilde comparait la couleur des yeux de sa belle au violet si pur de l’iris et qu’il aimait la surnommer du nom de cette fleur dont il fit son emblème.

Il fut tué lors d’une bataille. Nantilde, inconsolable, revint à Rome avec ses gens et s’enferma dans ses appartements. Chaque jour, ses servantes ornaient sa chambre de bouquets d’iris. Cette charmante et mélancolique histoire a peut-être engendré notre nom de Paliris. Je me plais à le croire.

La lignée de Nantilde fit souche dans différentes régions de notre France et c'est vers 1210 que fut fondé le domaine de Paliris, sur ces lieux mêmes. Les guerres, la peste, le choléra chassèrent mes ancêtres de leurs terres. Le château fut détruit en 1525, mais fut rebâti par ordre de Versailles, en 1670.

Perpétuant la tradition, j'ai assumé jusqu'à ce jour la lourde tâche qu'est la fonction de maître, sur tant d'âmes et tant de biens. Vous devez me découvrir... Levez les yeux ! Oui, Vous... Regardez-moi. Je suis là, debout, non loin de vous, figée dans l'éternité par un artiste de talent..."

Malgré lui, Jean-Claude tourna la tête vers le tableau. Il fait si sombre qu'il ne distingue ni le cadre ni le décor, seule la femme est là debout, saisissante de vérité, animée par la faible clarté mouvante des bougies.

Une angoisse insurmontable tord son ventre. Il croit devenir fou. Mû par une force implacable, il reprit sa lecture.

"... C'est en effet mon portrait. Je me sais belle, nous l'avons toutes été dans notre famille.

Les fastes de mon rang ont fait de moi l'image d'une princesse courtisée, admirée, enviée, passant sa vie dans les plaisirs et les fêtes, jouissant d'un domaine prospère, tenu de façon irréprochable par de fidèles et incorruptibles serviteurs. Tout cela est cuirasse. Je suis femme, avant tout."

Malgré lui Jean-Claude eut un regard vers le portrait : "Et quelle femme !" se dit-il avant de reprendre sa lecture.

"... Nous jouons une vaste pantomime, nous tenons un rôle dans la vie, mais pas toujours celui de notre Vérité. Derrière le comédien qui est l'être? Qui sommes-nous réellement lorsque tombe le grand rideau des apparences, du masque rigide de l'étiquette sociale ?

Mon devoir ? Être forte, juste, implacable, autoritaire. Et pourtant j'aspire à la douceur. La misère de mon prochain me fait mal, comme si elle m'était propre. Au fil de ma vie, j'ai bien dû admettre que tout était loin d'être beau sur cette terre. Je me suis prêtée aux exigences de mon rang, mais combien de fois ai-je été déçue par ceux que je crus forts et bons. Je dus alors masquer ma sensibilité, développer en moi rigueur et sévérité ; je dus me montrer dure et même sans pitié quand j'y fus contrainte.

Il y a l'amour, le plaisir, la joie, le bonheur. Tous ces jolis noms sont enfermés dans une grande prison aux murs épais, gardée par d'implacables fatalités telles que rang de noblesse, pauvreté du peuple, religion, âge, maladie, tromperie, cupidité, mort.

Pourtant, quoi de plus beau que cette attirance de l'un pour l'autre ? Quoi de plus sublime que de s'appartenir dans le respect, le désir, l'explosion des corps. Amour du plaisir, pour le plaisir de l'amour. Amour du corps, de l'âme. Trembler de bonheur, de désir, d'être pour lui, pour elle, ne fût-ce que le temps d'une étreinte. Être libre d'adorer l'autre. Savoir le lui dire avec ses mains, ses lèvres, sa chair. Le retenir contre soi et percevoir les sursauts fous de ce corps libéré. Savoir aimer, donner. Savoir recevoir.

Mes gens de Paliris ont bien su le comprendre. Par leur simplicité, ils ont trouvé le chemin du bonheur, dans la paix, la prospérité, le plaisir, heureux en eux-mêmes et par les autres.

Les événements de ma vie me forcèrent à devenir la femme que je suis. Je tiens de ma mère le secret du partage des relations humaines tant sociales qu'intimes. Ma crédulité d'enfant me portait à croire que tout le monde était aimable, riche, bon et que la vie se déroulait sans problème. Mais, je déchantai quand, à l'âge de treize ans on me fiança à un noble bien plus âgé que moi.

Il força ma pudeur sans aucune indulgence pour mon inexpérience et ma jeunesse. Il était dur, brutal, ne pensait qu'à son plaisir sans même s'inquiéter de moi, il ne voyait que la promesse de ma fortune et mon domaine. Lors d'une beuverie, il fut attaqué par des brigands et mourut d'un coup de poignard.

J'eus, les dix années suivantes, des aventures qui furent plus charnelles que sentimentales. Je n'en tirais comme enseignement que cette terrible impression de n'être qu'une bête sans âme livrée aux jeux violents et perfides des hommes dominateurs. Lassée de ces amours sans joies, de la suffisance de mes partenaires, je décidai de ne plus être considérée comme un objet de luxure, mais comme une femme à part entière. Je mis à profit le savoir de mes aïeules qu'elles se transmirent depuis la nuit des temps : le fabuleux secret des plantes. Nous pouvons ainsi, soigner, annihiler, asservir, subjuguer.

Ce fut un jeu d'enfant de mettre au point, dans cette salle, des philtres d'amour, potions diverses, appropriés pour la force ou l'anéantissement.

Il arrivait qu'un galant me courtise avec la délicatesse, la finesse, le respect voulus et que j'accepte de partager ma couche avec lui. Lorsqu'il croyait m'avoir conquise, sa courtoisie disparaissait. Oubliés les mots tendres. Inutiles les douces caresses. Il redevenait l'homme dans sa virilité brutale et égoïste. Alors, j'entrai dans son jeu, charmeuse, espiègle, créant une chaude intimité autour d'une coupe de vin capiteux, puis usai de tout mon savoir-faire afin de le mener au paroxysme de son désir. C'est à ce moment que j'éclatais d'un long rire moqueur au spectacle de sa défaillance soudaine.

Il ne pouvait savoir que la douceur du breuvage que je lui avais fait boire cachait un redoutable élixir d'impuissance passagère.

Lors de réceptions ultérieures je ne manquais point en sa présence, de faire allusion à cette faiblesse dont bien sûr, je taisais l'origine. Je savourais l'extrême confusion dans laquelle le mettaient les quolibets railleurs que déclenchaient mes révélations. Sachant fort bien où l'homme place sa fierté, je le punissais par là même, espérant que la leçon serait retenue.

Par contre, je pouvais être méchante si un partenaire se vantait à tort de m'avoir asservie à ses désirs, et terrible si on osait lever la main sur moi. Le châtiment pouvait aller jusqu'à la mort.

Bien sûr, tous n'étaient pas à considérer ainsi. Il en était de sincères, raffinés, charmants, si peu nombreux hélas ! Un heureux hasard mit sur mon chemin le marquis de Outelmont que rien en sa personne ne différenciait des autres et qui pourtant me séduisit. Il sut partager mon plaisir, me faire vibrer. Nos âmes comme nos corps étaient à l'unisson. J'étais un peu de lui, lui un peu de moi, La lumière envahissait nos cœurs, nous étions destinés à n'être qu'un. Nous devions nous marier. J'espérais de cette union la fille qui, comme toutes celles de notre lignée, transmettrait notre tradition."

Jean-Claude se frotta les yeux du revers de la main.

- Bon sang, que c'est pénible de lire à la lueur des chandelles. Allez, courage mon vieux. T'arrives au bout.

Il se remit à lire.

"... Le duc de Hamoc, mon ignoble et envieux voisin, tua mon gentil fiancé au cours d'un duel qu'il avait sciemment provoqué.

La vie se retira de mon âme, comme elle s'était retirée du corps de mon bien-aimé. Seule la rigueur de ma discipline me permit de diriger tout de même mes affaires.

Mon deuil touchant à sa fin, Hamoc crut judicieux de m'offrir son nom et de ce fait, s'octroyer mes terres. Je ne fus point dupe de ces manœuvres cupides et lui opposai un refus sans appel qui le rendit fou de colère. J'appris par un de ses hommes à ma solde qu'il projetait d'attaquer mon domaine, de tout mettre à feu et à sang pour m'asservir à sa lubricité et posséder Paliris.

Aussi, devant l'imminence du danger, j'ai réuni ce matin mes chers Palirisiens, mes dévoués serviteurs, après l'office religieux pour les prévenir du terrible fléau qui allait s'abattre sur le domaine. Je les congédiai après leur avoir distribué toutes mes richesses en un équitable partage.

Cette lettre terminée, je mettrai le feu à mon château. Hamoc ne posera pas ses mains odieuses sur moi. Les flammes purificatrices ne lui laisseront que cendres où fut corps généreux, femme d'amour.

J'accomplis mon destin. Au revoir, à bientôt... À très bientôt..."

Surpris par cette fin étrange, Jean-Claude remit les feuillets dans le tiroir. Pensif, il restait assis sans trop savoir ce qu'il allait faire.

Soudain, un rire féminin s'éleva. Il se tourna derechef, pensant trouver quelqu'un dans la salle, mais à son grand étonnement, il était toujours seul. Sa première réaction fut de se demander qu'elle était la provenance de ce rire. Puis, d'un bond, il se leva pour gagner la sortie et débusquer la donzelle qui se jouait ainsi de lui.

Au passage son regard effleura le tableau et se figea sur la toile.

- Bizarre ? Il me semble que le léger sourire de la princesse s'est agrandi.

Il haussa les épaules et se gourmanda.

Tout cet enchaînement de rencontres, de découvertes extraordinaires avait certainement dû provoquer une grande fatigue nerveuse, pensa-t-il pour se rassurer de cet état étrange qui l'envahissait. Le rire reprit. Sa surprise vira à la peur. Était-il en train de devenir fou ? Était-ce son imagination qui travaillait ou bien...

Les lèvres du portrait laissaient bien apparaître à présent des dents, au demeurant fort belles, comme si la femme de la peinture s'animait de vie. Il se prit la tête entre les mains. Une sueur froide lui coulait dans le dos. Une bouffée de chaleur envahit son visage alors que son corps se glaçait. Il se sentait très mal à l'aise. Le rire qui n'en finissait pas de s'égrener.

Brusquement le silence se fit. Une minute interminable s'écoula. C'est alors qu'une voix de femme, surgie du fond de la salle, s'éleva. La voix résonnait sur les parois de roche la rendant encore plus déroutante aux oreilles de notre fouineur d'histoire.

- Bonjour, charmant jeune homme !

Jean-Claude écarquilla les yeux, cherchant avec angoisse qui s'adressait à lui. Mais personne d'autre ne se trouvait dans cette foutue salle. Sa gorge se noua. Il déglutit et sentit sa bouche s'assécher.

- Non, c'est impossible. Il y a des haut-parleurs planqués quelque part. C'est une farce, ce n'est pas possible autrement. J'y suis, c'est un truc avec une caméra cachée ou autre marché de dupe. Sortez ! s'exclama-t-il. J'ai découvert la supercherie. Allez, sortez !

Sa voix résonnait mais ne trouvait en retour, que le lugubre silence de ce lieu mystérieux. Il dut bien se rendre à l'évidence, il était seul ! Implacablement seul. La terreur le gagna. Il voulut s'enfuir, mais en dépit de toute sa volonté, il ne put faire un pas.

- Mais, mais que se passe-t-il ? Je ne peux plus bouger… Je, je suis rivé au sol. Non, non, c'est un mauvais rêve. Réveille-toi Jean-Claude, réveille-toi !

Haletant, tremblant de tout son corps il scruta le portrait avec effroi.

La voix reprit :

- Rassurez-vous mon bel ami. Vous n'êtes point en train de rêver ni de perdre la raison, elle est intacte, mais votre corps est sous ma domination. Soyez sans crainte. Je suis Cécile de Paliris. Mais vous ? Qui êtes-vous ?

Atterré, il bredouilla :

- C'est... C'est pas... C'est pas possible ! Elle est... Heu... Vous êtes morte.

La voix féminine éclata d'un rire sonore puis réitéra sa question :

- Comment vous appelez-vous, cher gentilhomme ?

- Jean... Jean-Claude Mélutodénot, ma... madame. Et... Et vous ?

- Il me semble vous l'avoir dit. Je suis Cécile de Paliris.

- Mais... où êtes-vous ? Je ne vous vois pas.

- Je suis là, à côté de vous. Le rire fusa à nouveau. Il est tout pantelant ce gentil damoiseau ! Aurait-il donc peur de moi ? N'êtes-vous donc pas le plus fort, vous, l'homme fier de sa nature ?

Il baissa les yeux, vaincu, espérant être le jouet d'un inouï cauchemar.

- Vous êtes sous ma domination, reprit la voix. Vous étiez ravi que la providence fasse que le flambeau posé près de l'entrée soit équipé de chandelles ? N'avez-vous point trouvé entêtante l'odeur qui s'en dégage ?... À la cire des bougies, j'ai mêlé des essences rares qui, en se consumant, vous obligent à obéir à mes ordres, même si votre conscience préservée vous conjure de fuir.

Mon cher Jean-Claude, il aurait pu se faire qu'une femme ait découvert mon repaire secret à votre place. Je lui aurais tout simplement transmis mon savoir. Il s'avère que c'est vous qui l'avez trouvé. Et puisque vous êtes un homme, vous subirez le châtiment, la punition.

- Mais... mais, pourquoi moi ? réussit à articuler péniblement le pauvre garçon terrifié.

- Parce que vous êtes un homme, vaniteux, sûr de lui, fier de son sexe et heureux d'en jouir sans considérer la femme comme son égale dans le plaisir… Avancez !... Vers le tableau, allez ! Avancez. En bas du chevalet, il y a une fiole remplie d'un liquide épais. Prenez-la. Regardez bien l'éclat du contenu d'un beau rouge sombre.

Comme dans un mauvais rêve, Jean-Claude se vit obéir, se saisir du flacon et l'élever à la hauteur de son visage. Il ressentait tant d'appréhension que le liquide en tremblotait dans la fiole. Sa raison hurlait de tout lâcher, de fuir, mais, en dehors de suivre les ordres de cette voix diabolique, il était dans l'impossibilité de prendre une quelconque initiative. Celle-ci lui ordonna :

- Buvez trois gorgées de ce breuvage !

Son bon sens le sommait de ne pas boire. Pourtant, inéluctablement, à son grand effroi, le geste s'accomplit.

- Vous refusez au fond de vous, vous êtes malade de peur. Soyez sans crainte, je ne veux point vous empoisonner.

Au prix d'un effort considérable, il finit par demander :

- Que m'avez-vous donc fait boire ? Que me voulez-vous ? Me croyez-vous responsable de toutes les bassesses des hommes ?

- Que de questions… Que vous ai-je fait boire ? Un philtre composé d'herbes et d'élixirs très spéciaux additionnés de poudre d'insectes divers, des cendres de mes cheveux, de ma toison intime, de mes ongles. Le tout dilué dans le sang de mes entrailles. Cette énumération le fit grimacer de dégoût. Ce que je désire de vous, m'avez-vous demandé ? Vous le saurez en son temps. Quant à votre dernière question : est-ce que je vous crois responsable de toutes les bassesses masculines ? Certes !... Mais qu'un peu. Comme tellement d'autres, vous avez eu peur d'être vous-même et on vous a poussé à revêtir une carapace qui malheureusement, vous conduit où vous ne voulez pas aller. Écoutez-moi bien gentil Jean-Claude. Dans quelques minutes, vous pourrez à nouveau être libre de vos gestes, mais vous allez subir une grande métamorphose qui vous permettra d'accomplir la mission dont je vous charge.

- Métamorphose ? s'inquiéta-t-il, quelle métamorphose ? Vous êtes démoniaque… Où suis-je, dans une autre dimension ? Et puis… Qu'est-ce que c'est que cette histoire de mission ? Ahurissant ! Complètement dément. Je suis toujours pareil que je sache. Balivernes que cette histoire. Pff ! Foutaise. Je dois manquer de sucre. Je n'ai pas mangé depuis hier soir, juste grignoté. C'est ça ! Je manque de sucre et ça me fait délirer, halluciner. Non, non, ce n'est qu'un cauchemar.

Tout d'abord, il eut un sentiment de vertige, puis à une allure folle, il vit s'élever, grandir démesurément les murs, le siège dont les pieds se transformaient en d'immenses tours. Les dalles devenaient vastes comme un terrain de football géant. Ce gigantisme soudain fut tel qu'il s'évanouit.

Quand il reprit connaissance, il eut la joie de se sentir bouger. Il n'avait plus cette sensation d'angoisse. Il vit alors la base du chevalet, monstrueuse construction surmontée d'une toile aux dimensions colossales. Tout lui revint en mémoire. Une allumette sur le sol, plus grosse qu'un train rappelait les instants vécus. La voix de Cécile de Paliris précisa :

- Vous voici à l'état de puce, mon ami ! Vous aurez des obstacles à franchir, des dangers à affronter, car votre infiniment petite taille vous rend vulnérable. Vous n'aurez pour vous que votre agilité et votre intelligence. Dans un mois, jour pour jour, à la même heure, vous devrez revenir ici. Si vous avez compris et réussi ce que j'attends de vous, ce que je souhaite ardemment, vous redeviendrez homme à part entière. Si vous ne surmontez point cette épreuve, vous serez détruit au cours de vos aventures ou, vous resterez à tout jamais dans l'état où vous êtes car vous ne m'intéresserez plus. Vous demeurerez puce… puce… puce… Ce mot, dans son écho répété, s'estompa peu à peu. Le silence se réappropria les lieux. L'esprit s'était tu.

CHAPITRE V

Jean-Claude avait beau se pincer pour se persuader qu'il rêvait, force lui fut de se rendre à l'évidence : il était bel et bien miniaturisé. Il se mit à sautiller sur place pour dégourdir ses jambes et fut effaré par la portée dynamique de ses élans. Cette faculté prodigieuse lui permit de gagner aisément l'entrée de la grotte.

Il se retrouva noyé dans le monde qu'il croyait connaître et maîtriser quelques minutes auparavant. Il lui fallut bien admettre qu'il évoluait dorénavant dans un monde étranger et bizarrement différent.

“Curieux, comme l'idée que l'on se fait d'une chose, d'une situation ou d'une personne, diffère selon l'endroit où l'on se trouve, selon l'angle sous lequel on appréhende les faits !”

Avant d'être victime de ce sort, la taille de Jean-Claude lui permettait de fouler au pied des herbes communes et inoffensives. À présent, rendu fragile, assujetti au moindre avatar, cette même nature se faisait géante et terriblement grouillante. Il était perdu dans cette vaste forêt de brins d'herbe où proliférait une multitude de monstres tous affairés à leur survie. Il sauta au faîte d'une tige de folle avoine et, mélancolique, se mit à réfléchir.

- Que faire ? Il me faut regagner le village et trouver le moyen d'aller chez Corinne. Je lui expliquerai ce qu'il m'est arrivé. Elle me conduira chez un spécialiste qui saura me sortir de ce pétrin. Bon ! Maintenant, comment se repérer dans cette jungle ? De toutes les façons, le sentier est sur la gauche. En allant dans cette direction, je devrais arriver à regagner un lieu plus fréquenté.

Sans trop d'embûches il parvint à la moitié du parcours. Sur le sentier, au détour d'une gigantesque falaise de granit que constituait une marche taillée dans la roche, il eut l'impression de se retrouver à la sortie de Paris, sur le périphérique à dix-huit heures. Une myriade de fourmis traçait une véritable autoroute, les unes balisant le parcours, les autres se chargeant du transport de graines colossales. D'un bond, il franchit l'obstacle et arriva aux ruines du château, un peu exténué et les yeux pleins d'images aussi fantastiques qu'insolites. Il était loin de se douter que le monde microscopique soit si vivant et foisonnant d'espèces aussi monstrueuses les unes que les autres. Il se percha sur une souche pour scruter les environs. Soudain, il vit fondre sur lui un énorme nuage noir, humide, fendu de deux larges trous, il sauta loin en arrière et fut stupéfait de reconnaître dans cette chose la truffe d'un chien qui reniflait, intéressé, le passage de ses congénères quadrupèdes.

- Quelle frayeur ! Ce n'est qu'un caniche, pourtant il semble grand comme une montagne à côté de moi, petit comme une puce… Puce ! ironisa-t-il. Et voici le chien, mon fidèle allié. En voyageant sur son dos, je pourrai retrouver les hommes. Pourquoi pas, après tout ?

D'un bond il fut sur la tête de l'animal, au sommet d'une boucle. Il se cramponna à un poil gros comme un poteau.

- Bijou… Bijou… Ici, appela une voix de femme.

Le caniche se mit à courir et Jean-Claude crut bien tomber vingt fois. Le plus remuant des manèges à sensations des parcs d'attractions paraissait être un berceau à côté de ce monstre à poils. Il eut juste le temps de s'enfouir dans l'épaisse fourrure, une main grande comme un bombardier s'abattait pour caresser la tête du « Bijou. ». Le passage en rase-mottes de cette paluche volante hors norme le secoua à la manière forte du souffle d'une déflagration. Il se remit de son émotion décoiffante :

- Quel nom stupide pour cet immense mastodonte ! s'exclama-t-il.

Il se risqua à la remontée vers le haut du crâne du chien. La femme fixa une laisse au collier. Il put alors observer le ravissant visage en s'étonnant de la facilité avec laquelle il pouvait remettre à leurs justes proportions le gigantisme des beaux yeux noirs et le contour des lèvres pulpeuses. Lorsqu'elle se releva, l'homme miniaturisé découvrit des jambes ravissantes. Sa position lui permit de pousser l'indiscrétion jusqu'à regarder sous la minijupe grande comme un chapiteau. Ses yeux se posèrent sur deux jolis globes bien charnus, barrés d'un léger string coloré. Il se carra dans le duvet canin, les jambes croisées, les bras repliés sous la nuque et se consola en relativisant la situation. Après tout, si les choses n'allaient pas très bien il y avait du piment à sa nouvelle condition, ne serait-ce que le plaisant spectacle de ces jolies fesses nues en mouvement, vues sous cet angle peu banal contre-plongeant. Tous trois arrivèrent ainsi au parking, Il eut un serrement de cœur en apercevant sa voiture.

Le chien s'engouffra à l'arrière d'une Peugeot 106 de couleur rouge. Tout en conduisant, la jeune femme fredonnait le tube du moment. Quelle pouvait être sa destination ? Elle stoppa un peu abruptement sur la place où il avait pris le café le matin même. Elle ouvrit la portière et fit descendre le chien. Quelles que fussent ses intentions, Jean-Claude profita de la halte pour se glisser le long des pattes du chien et retrouver ainsi le sol ferme. Sans trop de peine, il gagna la salle du bar tout proche.

C'était l'heure de l'apéritif. Il y avait beaucoup de monde. Déconcerté par les pieds monstrueux, par les mégots gros comme des tunnels déchiquetés, il longea l'encoignure du bar pour se protéger de ces méga-presses podales. Finalement il parvint à se percher sur l'une des équerres métalliques soutenant la main courante du zinc. De cet endroit, il verrait, entendrait et serait à l'abri d'un écrasement quelconque. Son attention fut attirée par trois jeunes gens qui parlaient de sortir en boîte. Bien lui en prit, car ils parlaient d'aller au "Must", sur le port du Lavandou. L'un d'eux proposa de les emmener avec sa voiture et leur donna rendez-vous à vingt-deux heures au comptoir. Il n'était que vingt heures trente, Jean-Claude préféra attendre près de l'entrée, sa position y était privilégiée. Si jamais le garçon ne revenait pas, peut-être pourrait-il trouver quelqu'un d'autre. Jean-Claude Mélutodénot commençait à réaliser que sa métamorphose était bel et bien réelle, personne ne faisait cas de lui. Il s'en voulut sérieusement pour sa curiosité, son amour de l'Histoire, son goût des vieilles pierres, son manque de prudence en jouant les Sherlock Holmes amateur. Ha! Il avait bonne mine ainsi, pensait-il. Qu'allait-il devenir? Comment sortir de cette invraisemblable situation?

Il fit le point de cette incroyable journée avec son lot d'espérances et d'angoisses.

Le tableau représentant la princesse s'imposait à ses méditations. Malgré l'indéfinissable sentiment de rejet qu'il éprouvait à cette évocation, il ne put réfuter qu'elle avait été très belle, mais ô combien vindicative!

En fait, c'était sur sa personne que s'accomplissait ce qui semblait être une revanche ou pire une vengeance. Il s'était fait ensorceler, alors que tant d'autres auraient pu trouver cette entrée de malheur. Il se mit à hurler :

- Pourquoi moi?... Pourquoi moi?... Pourquoi?... Je ne vous connais que depuis si peu de temps. Je voulais mieux vous connaître, c'est tout. Pourquoi, Princesse, pourquoi?

Il eut beau s'égosiller et gesticuler, nul ne le remarqua ni ne l'entendit. Fort triste et amer, il regarda l'heure affichée par la pendule murale. Il était déjà vingt et une heures quarante-cinq. Les jeunes gens allaient bientôt arriver.

Enfin, l'un d'eux, soigneusement coiffé, habillé dernière mode, entra en saluant joyeusement les consommateurs.

"Enfin! pensa le microscopique ensorcelé. Pour une fois, les choses évoluent comme je l'attends. Dès qu'il s'approche de moi, je saute sur sa chaussure. Je ne veux pas risquer de le rater."

Il sourit.

- J'en parle comme d'un bus ou un métro. Après tout, je pourrai au moins exploiter ma nouvelle taille sur des moyens de locomotion peu ordinaires.

Il bondit sur le mocassin. C'était tout de même grisant, une telle ampleur de mouvement. Il se cala le long du laçage. Les deux autres garçons arrivèrent. Ensemble, ils burent un café et partirent.

- Hé, Pierre! dit l'un d'eux, ton lacet est défait.

- Merci! Je ne l'avais pas remarqué. Au fait, n'oublie pas de me rappeler qu'on doit prendre Bob au passage.

Pierre se baissa pour renouer son lacet. Jean-Claude saisit l'occasion pour gagner la manche du sweat puis le col de la chemisette d'où il pouvait mieux voir ce qui se passait autour et où ça secouait moins. Ils montèrent dans une Golf GTI blanche. Ce fut pour lui, si minuscule, un spectacle d'enfer que de voir défiler un paysage d'une autre dimension, troué quelquefois par des phares agressifs. Les trois garçons fumaient tant, qu'il vit les volutes en suspension, comme un escadron de parachutes gris tombant mollement dans l'épaisse atmosphère. Un minuscule brin de tabac s'embrasa comme une fusée éclairante et atterrit à ses pieds. Changeant prestement de place, il pensa avec un certain humour qu'il venait de découvrir un nouveau danger du tabagisme.

Les jeunes gens traversèrent Bormes et s'arrêtèrent au bas du village, à hauteur d'une maison aux murs ocre et aux volets bleus. Le contact coupé, ils attendaient en discutant. Impatient, Jean-Claude espérait bien que Pierre sorte de la voiture afin de pouvoir abandonner les lieux à son tour et tenter d'aller chez Corinne.

L'attente se faisant trop longue, le conducteur finit par ouvrir la portière et sortit en appelant :

- Bob !... Oh ! Bob, grouille-toi !... On est en retard.

Sans perdre un instant, Jean-Claude sauta sur le toit de la voiture et se laissa glisser jusqu'au sol. Il avait repéré la ruelle qui menait chez son amie. Après une course épuisante d'environ trois cents mètres, terriblement longue au regard de sa taille, il parvint enfin au studio de sa belle. Malheureusement, l'entrée n'offrait pas un passage praticable à cause de la raclette anti courant d'air du bas de porte. Il pensa aux fenêtres et contourna le bâtiment pour y accéder. Un buisson de genêts lui permit d'atteindre celle de la chambre. Les persiennes étaient closes. Il se glissa entre les lattes. La croisée n'étant pas fermée, il pénétra dans le meublé en sautant sur une chaise toute proche puis sur le sol. Il arriva près du lit, comme à l'habitude en désordre. Cette fois, il n'en fut pas agacé. Cette insouciante pagaille le rassurait. L'odeur du parfum de la jeune femme subsistait. Un instant il rêva…

“Pourrais-je à nouveau la prendre dans mes bras ? Sortirais-je jamais de ce sortilège ? Suis-je réellement en vie ? Bah ! soupira-t-il, me décourager n'arrangera rien.”

Très las, il bâilla puis se réfugia dans un angle de la pièce pour y dormir.

Un bruit de clef le réveilla. La lumière le fit cligner des yeux. Elle arrivait en riant dans le couloir.

- Tiens donc… Pourquoi rit-elle toute seule ? Qu'est-ce qui l'amuse tant ?

Un garçon lui emboîtait le pas. Jean-Claude en déduisit qu'elle avait dû dépanner un copain. Le compagnon de la jeune fille jeta un regard circulaire.

- M'ouais ! Pas mal.

Ce disant, il la prit par la taille et l'embrassa longuement sur les lèvres. Les bras de Corinne se refermèrent autour du cou de son galant,

- La… la garce ! bafouilla Jean-Claude. La sale garce ! Hé ! Ho ! Je suis là, Moi !... Je suis là, Ho ! Corinne.

Il pouvait bien crier de tout son soûl, le couple avait basculé sur le lit et se dévêtait avec fébrilité.

- Quand je pense que je dois théoriquement rentrer demain soir. Cette sacrée femelle m'aurait peut-être fait le grand jeu du : “Enfin toi… Tu m'as tant manqué.”

Furieux de la duplicité de son amie et de son incapacité à agir, il eut envie de fuir. Mais pour aller où ?

Après tout, sa petitesse lui permettait de voir en toute discrétion. Il serait toujours temps de régler son compte à cette fourbe, plus tard. Il escalada la table de nuit puis, avisant le radioréveil, estima que de ce perchoir improvisé, il serait aux premières loges.

Ils faisaient un beau remue-ménage tous les deux.

Le garçon se renversa sur le dos, livré aux caresses avides de sa partenaire. Jean-Claude put se rendre compte que la virilité de son rival n'était en rien extraordinaire. Il n'avait rien à lui envier, en temps normal bien sûr !

Les mains de l'homme s'attardèrent sur les seins durcis de désir, effleurèrent le ventre et les cuisses, explorèrent délicatement le sexe de Corinne qui sans gêne, s'ouvrit. Elle saisit alors le membre viril et d'une main habile l'excita au paroxysme, dans un lent et savant va-et-vient.

Goguenard, Jean-Claude regarda le gars creuser les reins, se tendre vers la caresse et mentalement félicita la jeune femme de cette dextérité qu'il avait eu l'avantage de pouvoir apprécier pas plus tard que la veille. Elle râla, gémit, cria :

- Viens ! Maintenant...

Il la bascula sur le dos, la pénétra d'une brusque poussée. Elle ferma les yeux, les ongles plantés dans les reins de son amant, pour l'enfoncer au plus profond d'elle-même et pour mieux contenir son ardeur. Il s'affairait à grands coups rapides, uniquement occupé à la montée de son orgasme, imminent.

- Régale-toi, ma belle, grogna Jean-Claude bafoué. Ne te gène pas pour moi, salope !

Très vite, le garçon jouit en râlant, s'écroula sur la fille. La tête nichée au creux de son épaule, il récupérait en respirant bruyamment. Corinne tourna la tête vers la table de nuit. Ses yeux vides d'expression, sa bouche amère, reflétaient l'ennui, la frustration, la déception. Sentiments avant-coureurs du regret.

- C'était bien ? demanda l'homme en se retirant. Ça t'a plu ?

- Hum ! Hum ! fit-elle sans émotion.

- Menteuse !... Sale menteuse ! s'égosilla Jean-Claude. C'est pas possible d'être faux jeton à ce point. T'as subi, c'est tout ! Qu'est-ce que ça t'apporte de donner satisfaction à ce con ? Regarde-le comme il est fier. Il s'y croit, ce coquelet, t'as peut-être pas osé, ma belle. Et à moi... Dis ?... M'aurais-tu menti aussi ? Je dois bien admettre que jamais une fille ne m'a dit ne rien avoir ressenti avec moi... Comme toi Corinne, mentaient-elles ? Peut-être que Cécile n'était pas tout à fait injuste, quand elle nous taxait de vanité.

Corinne jouait avec les poils de la poitrine de son compagnon. Le train de la chair l'ayant oubliée sur le quai, elle désirait apparemment voyager avec celui de la tendresse. Elle se fit chatte, cherchant quelques caresses, mais il avait sommeil, il se sentait repu et se plaignit d'avoir à se lever tôt. Agacée, elle saisit le radioréveil, duquel Jean-Claude eut juste le temps de détaler, pour le régler à six heures quarante-cinq. Elle jeta un dernier regard dépourvu d'indulgence vers son partenaire qui déjà dormait dos tourné, avant d'éteindre la lumière. Jean-Claude regagna son coin et s'assoupit à son tour.

La musique les sortit de leur torpeur. Au souvenir du spectacle de la veille, Jean-Claude se dépêcha de regagner son poste d'observation. Attendri, il regarda la jeune femme s'étirer, si fraîche, si pure, si désirable.

Elle se coula vers son compagnon encore endormi et releva de l'index une mèche qui cachait ses yeux. Il grogna un peu, mais passa un bras au-dessus des épaules tout en continuant de sommeiller. Taquine, elle l'embrassa par petits à-coups sur le torse, le ventre. Elle agaça du bout de sa langue le sexe sage.

Enfin réveillé, il tapa, désinvolte, sur les fesses et dit d'un air moqueur :

- Quelle riche nature…

- Hum ! Hum !

- Quel appétit…

- Hum ! Hum !

- Eh bien ! tu ne…

Un peu vexée que sa hardiesse ne réveille que mauvais préjugés, elle coupa court à sa réflexion par un baiser vorace. Il laissa sa main glisser le long des reins de la fille, engagea ses doigts dans la chair offerte pour y prodiguer une caresse rapide et soutenue qu'elle chercha à calmer. La croyant prête ou en mâle égoïste, il l'enjamba et la prit comme la veille. Très vite, il arriva à ses fins. Le dernier spasme ressenti, il se redressa pour se lever. Elle l'entoura de ses bras.

- Attends encore un peu !

- Non, il faut que j'y aille. Je vais être en retard.

Elle le lâcha pour le repousser sèchement.

- Allez ! Le jour fatigué, le soir éméché et le matin monsieur ne pense qu'à filer, et moi alors ?... Je compte pour du beurre ?

- Te fâche pas, ma biche ! On se reverra un de ces quatre et ça sera mieux.

- Mais oui, c'est ça ! Tu peux y compter.

À genoux sur le lit, les cheveux en bataille, elle ressemblait à un chat en colère.

- Allez, grouille-toi ! Tu vas être en retard ! Et pour te laver, c'est au fond, à gauche ! Pendant que tu es devant la fenêtre, ouvre donc les volets, je te prie !

De son observatoire, Jean-Claude prenait sa revanche et se frottait les mains.

- Bien fait ! Ma belle coureuse, je suis ravi. Il est nul ce mec !

La lumière de ce beau matin d'été emplit la chambre. Stupéfait, il reconnut son chauffeur de la veille, rival involontaire.

- Quelle coïncidence amusante ! Enfin, si tant est que se faire cocufier puisse être amusant.

Pierre se pencha sur Corinne enroulée dans ses draps mais elle détourna la tête.

- Quoi, tu ne veux pas ?

- Tu me prends pour une poupée gonflable qu'on sort du placard quand on en a besoin ou peut-être me prends-tu pour une chienne bien dressée qui doit obéir à son maître ? Mais sache que j'ai plutôt envie de le mordre que de lui obéir.

- Ha... soupira-t-il. Excuse-moi, j'avais un peu bu hier soir et ce matin, je suis à la bourre.

- Te fatigue pas... Je connais la chanson.

- Que vous êtes chiantes, les nanas. Faudrait décrocher la lune pour vous.

- J'en demande pas tant. Pff... Tu n'y comprends rien !

- Bon, on verra ça quand tu seras calmée, d'accord ?

- Ouais, c'est ça. Tu peux courir.

Il haussa les épaules et s'en alla.

Jean-Claude eut une moue songeuse. Qu'elle avait l'air boudeuse la jolie Corinne ! Il sourit, indulgent :

- Ma petite chatte, toi et moi, ça a duré quand même une semaine. Lui, ce ne fut que l'espace d'une nuit, eh ! oui... Relativiser est une façon de se rassurer... C'est la vie dit-on, dit-il fataliste.

Comme si elle l'avait entendu, Corinne eut un sourire très doux. Elle repoussa les draps, s'étira tout en laissant courir ses mains le long de ses flancs jusqu'aux hanches. Elles remontèrent ensuite vers les seins qu'elles caressèrent un peu plus longuement. Ce fut ensuite le tour du ventre et du pubis. Les jambes s'ouvrirent. Les yeux fermés, la respiration courte et saccadée, elle s'adonna à d'expertes caresses qui la menèrent à un violent orgasme. Elle resta immobile et dit à mi-voix :

- Mon pauvre Pierre, si tu savais comme prendre le temps de caresser n'est pas une perte de temps. Heureusement que j'ai ça parce que toi... Comme cloche. Tous les mêmes, pff ! On dirait qu'il n'y a que vous qui avez le droit de jouir, vous nous prenez vraiment pour des poupées dont on use pour se faire du bien et qu'on jette quand c'est fini. Haa ! conclut-elle dans un gémissement d'aise.

Enveloppant son pubis et un sein avec chacune des mains, elle savoura, de longues minutes, les décharges de bien-être qui parcouraient son corps abandonné.

"Médite là dessus, se dit Jean-Claude. L'as-tu laissée, toi aussi, dans un tel état de frustration ? Corinne, avec moi, dis, t'as fait de même ? Celles que j'ai connues avant toi se sont-elles aussi caressées ? Ça m'étonnerait, et pourtant... Je dois bien reconnaître que je n'ai jamais fait exploser une fille aussi fort. Quelle claque ! Ma fierté en prend un rude coup, je me croyais sûr et efficace, et voici que toi, gentille amoureuse, tu me fais tout remettre en question, tu me fais prendre conscience que je pensais plus à moi qu'à ma partenaire. En tout cas, je ne t'avais jamais vue dans une telle intimité. Merci ma toute belle, de ce charmant intermède."

Nue, elle ramassa sans enthousiasme ses vêtements éparpillés sur le tapis, puis alla se doucher. Elle but ensuite un café et mangea un morceau de pain nappé de confiture, avant de s'habiller. Elle reparut quelques minutes plus tard, adorable, vêtue d'un minuscule short blanc, joli contraste sur sa peau hâlée, et d'un boléro assorti. Elle ferma la porte d'entrée. Jean-Claude entendit peu de temps après une portière claquer, une voiture démarrer et s'éloigner.

La faim le tenaillait, l'odeur du café lui rappela qu'il faudrait aussi régler le problème de sa nourriture.

Toujours aussi pagaille, la jeune femme avait négligé de débarrasser la table et de l'essuyer. La félicitant de cet oubli, il brava une falaise de pain, des collines de confiture, des lacs de café qui le rassurèrent quant à sa survie. Il passa ensuite dans la salle de bains, ironiquement, sa serviette, son gant, sa brosse à dents, son rasoir étaient encore en place. Une goutte d'eau servit de piscine. Le savon sur le rebord du lavabo sentait bon. Il grimpa dessus, glissa, s'embourba, trouva l'équilibre et s'amusa beaucoup sur cette patinoire improvisée. Il acheva sa toilette et fouina un peu partout. Tout était découverte dans son monde décalé. Depuis les monumentaux bibelots en passant par les reflets colorés des bijoux de Corinne, abandonnés sur une étagère. Il s'étourdit à suivre sur une lettre manuscrite tombée au sol, la course du trait bleu stylographique. Il se reposa, s'ennuya, espérant qu'elle ne rentrerait pas trop tard. Ce devait théoriquement être le soir de son retour de

Marigud. Il n'était pas loin de vingt heures trente lorsqu'elle revint, seule. Elle lança son sac sur le lit, se déshabilla et se doucha.

Laissant ses cheveux épandus sur ses épaules, elle mit un coquin ensemble de soie brodée, débardeur et string assortis, se parfuma légèrement, fit un effort méritoire pour donner à la chambre et à la kitchenette un aspect rangé. Ayant dîné de quelques fruits, elle prit un bouquin *"Un vice au service de la vertu"* de JYL, s'allongea et se mit à lire.

Jean-Claude fut attendri par ces préparatifs qui lui étaient probablement destinés. De son perchoir, il la regarda s'agiter en lisant d'un œil distrait. Elle vérifiait souvent l'heure affichée par le radioréveil. Il ne réalisait pas encore son état incroyable et devant la moue chagrine de son amie, il sauta sur l'édredon et s'approcha d'elle pour lui parler, lui dire qu'il était là, qu'il avait tant besoin d'elle pour le conduire à un scientifique qui, il ne pouvait en douter, trouverait l'antidote et le sortirait de cette navrante et grotesque situation. Ce n'est qu'au prix d'ardues acrobaties qu'il parvint au lobe de l'oreille et au bord du conduit auditif. Il se crut à l'entrée d'un immense et insondable gouffre. Il mit ses mains en porte-voix et héla de toutes ses forces :

- Corinne!... Corinne!... Écoute, je suis Jean-Claude!... Là, tout près de toi. Corinne!... Il m'arrive quelque chose de terrible. Écoute, je t'en supplie.

Il avait beau s'époumoner, c'était peine perdue. La seule réaction qu'il provoqua chez la jeune femme fut une démangeaison qu'elle apaisa, en se donnant une tape sur l'oreille, comme pour chasser un moustique. La main gigantesque fondit sur le malheureux qui n'eut que le temps d'esquiver sur le côté. Le claquement sec, le déplacement d'air le projetèrent à l'intérieur et lui firent à demi perdre conscience. Le choc passé, il constata avec angoisse qu'il était enlisé dans une couche de cérumen, collante, visqueuse dont il eut un mal fou à se dégager. Complètement démoralisé, englué, il parvint à sortir de ce conduit infernal mais n'eut guère le loisir de méditer sur cette aventure. À nouveau terrifiante, cette main meurtrière qui avait si bien su le caresser, s'abattait sur lui. Il réussit encore une fois à l'éviter en se laissant tomber sur le traversin. Il glissa jusqu'au sol dans un long toboggan en drap et fila dans la salle de bains se débarrasser de cette poix.

Lassée d'attendre, Corinne s'était endormie.

Jean-Claude jugea aussi qu'une bonne nuit de sommeil ne serait pas de trop, mais l'état de vigilance extrême qui l'habitait, lui fit ouvrir l'œil aux premières lueurs. Il guetta longtemps son réveil, tardif. Elle s'étira, bâilla et affichait l'air maussade de la déception. Elle appela au téléphone une amie.

- Allô ! Michèle ?... Salut, c'est Corinne ! Tu sais, le gars avec qui je sors depuis une semaine, il n'est pas revenu. Il aurait dû rentrer hier au soir, et rien, pas même un coup de fil. Tu parles d'un mariolle, et moi qui le croyais mordu !...

J'aimerais cependant être rassurée. On ne sait jamais, il pourrait lui être arrivé quelque chose de grave. T'as pas le journal par hasard ?... Chouette ! Peux-tu vérifier s'il n'y aurait pas eu un accident, dans les environs ? Un accident impliquant une R5, bleu métallisé. Merci, J'attends…

Allô… Il y a des accidents, mais pas dans le coin… Ah ! Ils sont plutôt vers Toulon… Et quoi ? Peux-tu répéter, j'ai pas compris… Il n'y a pas du tout ce modèle de voiture. Je m'en doutais ! Quel con ! Il m'a monté un sacré bateau avec son amour de l'histoire, sur le château de Marigud, et je ne sais trop quelle princesse. Il aurait pu en faire moins pour annoncer la couleur, ce barjo. On est plus des gamins, on sait pourquoi on est ensemble. S'il voulait se tirer, il n'avait qu'à le dire plutôt que d'inventer une histoire de je ne sais quoi.

Jean-Claude trépignait sur place.

- Ah non ! Ne dis pas ça, idiote ! Tu ne vois pas que je suis là ? Bon sang, regarde un peu !

Il laissa retomber ses bras, découragé par l'absence de toute réaction. Sortirait-il, un jour de ce pétrin ? Corinne papotait toujours au téléphone ; elle donna rendez-vous à son amie pour aller à la plage en ce début d'après-midi. Il décida de la suivre ou plutôt de s'y faire porter. Il saisit l'opportunité du sac à main posé sur le lit qui lui permettrait, une fois suspendu à l'épaule de Corinne, de se hisser à son perchoir favori. La rencontre eut lieu dans un bar du Lavandou. Les filles se firent la bise et bavardèrent devant une coupe de glace.

Toujours sur l'épaule de Corinne, son regard intercepta une jeune femme assise sur la banquette adossée à la leur. Ses cheveux bruns, fous, en cascade sur les épaules sur les épaules graciles l'attirèrent.

- Bah ! Corinne ne peut rien pour moi, je ne vais pas rester avec elle. Peut-être aurai-je plus de chance avec celle-ci. Allez, un saut et hop ! Je change de porteur.

Il commençait à connaître les emplacements les plus confortables et les moins exposés au grattage, si dangereux. De ce belvédère, un peu en avant de l'épaule, près du cou, il ne voyait que le profil de son hôtesse, mais avait un panorama privilégié sur le buste. Bien maigre compensation ! pensait-il. D'autant plus que la demoiselle en question avait une poitrine tristement plate. Il se promit de choisir mieux au prochain changement. L'invraisemblable de sa condition méritait bien quelques consolations, pensa-t-il. Il avait la marotte des belles poitrines, et comptait bien se rincer l'œil le plus possible. Son véhicule du moment sirotait distraitement un soda. Un garçon vint la saluer et prit place auprès d'elle.

- Bonjour Patricia, ça va ?

- Bof !

- Si on veut, répondit-elle boudeuse.

- Si ça te dit, ce soir on fête la réussite aux examens d'un pote. On s'y met à tous et on se fait la totale... Grillades, sangria, musique, et cetera. Ça sera super. Ça te dit ?

- Bof ! Je ne les connais pas... Je ne sais pas.

- Mais j'y suis moi ! Et puis il y aura deux copains que tu as déjà rencontrés. Allez, sois sympa, viens. Cela fait un an que t'es dans la région et tu ne sors jamais. Comment veux-tu te faire des amis, si tu restes cloîtrée. Allez viens.

- Puisque tu y tiens, je viendrai. C'est à quelle heure ?

- Je passe te prendre ici à vingt heures. Ça marche ? Je file, je suis à la bourre... Salut !

- D'accord, salut Gilbert.

Le jeune homme s'en alla. Patricia prit une cigarette dans son sac et se mit à fumer. Un peu perdue, elle semblait regarder le sujet de sa morose méditation sur l'écran blanchâtre des volutes. Elle fut tirée de cet état déphasé par un joyeux :

- Tiens ! Patricia. Comment vas-tu ?

La nouvelle venue était très dynamique, le visage avenant, encadré de boucles châtain clair. Elle paraissait avoir trente ans et plut tout de suite à Jean-Claude. Il se retourna vers son taxi acariâtre pour juger de la comparaison. Le profil buté confirmait bien qu'elle ne semblait pas savoir sourire. Elle salua son amie d'un air absent.

- Bonjour Christine.

- Ça va ?

- Ouais !

- On ne dirait pas, t'as l'air lugubre. Tu ne travailles pas aujourd'hui ?

- Non ! Le boss a fermé deux jours.

- T'en as de la chance. Mais entre nous, qu'est-ce que tu fiches dans ce bar alors qu'il fait si beau dehors ? Tu fumes comme une tordue, et tu fais une tête de trois kilomètres de long. T'as tes ragnagnas ou quoi ?

- Pff ! fit la porte de pénitencier en haussant les épaules.

Jean-Claude dut s'accrocher fermement à une fibre de tissu pour ne pas être propulsé dans la salle.

- Allez, en route ! Viens, on va faire un tour sur le port, ajouta l'amie de Patricia.

- Si tu veux… répondit-elle d'une voix peu enthousiaste.

Elles sortirent et se promenèrent sous le chaud soleil qui brillait de toute sa luminosité dans un ciel on ne peut plus azur. Patricia parla de l'invitation du soir. Son amie s'en réjouit :

- Super !... C'est toujours sympa ces soirées et si c'est Gilbert qui t'y accompagne, tu ne t'ennuieras pas. C'est un boute-en-train formidable.

- Ouais !... Si on veut… En fait, je ne sais pas si je vais y aller.

Christine haussa les sourcils d'étonnement.

- Mais ? T'étais d'accord, non ? Tu lui as promis d'y aller, si j'ai bien compris ?

- Oui ! Mais ça ne me dit plus rien.

- T'es tout de même un cas ! Tu t'engages, pour ensuite refuser. Tu ne sais pas ce que tu veux. En tout cas, ce n'est pas chic pour Gilbert. C'est un garçon très gentil, très serviable. Tu sais, je l'ai fréquenté, il y a deux ans. J'en garde un excellent souvenir. Je t'assure que tu ne seras pas déçue. Il est bien sous tous rapports, et surtout dans… fit-elle avec un sourire entendu.

- Mais je ne cherche personne !

- Je sais. Je voulais dire que c'est un mec vraiment bien. Toujours un mot pour rire. Il est marrant.

- Peut-être, mais j'ai pas envie d'y aller. Je ne suis pas en forme.

- Tu l'as prévenu au moins ?

- Non !

- À chaque fois c'est pareil, tu promets et tu te défiles sans prévenir. Tu t'étonnes après que tu sois seule, qu'on te délaisse… À ce train-là, tu y laisseras des plumes ! Les années passent vite, ma belle.

- Laisse-moi tranquille, je fais ce que je veux, se rebiffa la quintessence de l'insatisfaction. Parlons d'autre chose.

Édifié sur le caractère œilléré de Patricia, Jean-Claude décida de la quitter et profita de l'opportunité d'un rapprochement pour changer d'épaule. Christine paraissait aussi saine et équilibrée, que son amie était grincheuse et indécise. L'épaule dénudée de la jeune femme était douce et sentait le miel. Satisfait de son choix, il put enfin observer le visage de Patricia qui, à l'image de son caractère, manquait de douceur et était ombrageux. Graviter autour de cet emblème vivant de funèbre figure de carême l'amena à un nouveau point de réflexion. Bien au-delà de la beauté plastique, l'humain est doté d'une aura, réceptacle d'attitudes, d'expressions et de ressentis des bonheurs et méfaits de la vie, qui, à l'instar de deux aimants, tour à tour attirent ou repoussent. Dans le cas où l'on est repoussé, la solitude paraît au premier abord nous être imposée. Mais, à la lumière d'une étude de conscience lucide, on induit que le phénomène repoussoir n'est dû en fait qu'à soi-même. La nécessité de chercher en soi la cause du mal-être existentiel est certes plus rude et scabreuse que la commode échappatoire consistant à attribuer la faute aux autres et permettant, par là même, le fallacieux état de fortune de ne pas culpabiliser. Cependant les vrais bonheurs de la vie ne se découvrent qu'au prix de ce discernement.

Les deux promeneuses bavardèrent encore un peu, puis se séparèrent. Christine rentra chez elle, porteuse insouciante d'un espion miniature. Elle se mit à l'aise, se débarrassa de ses bijoux pour les poser sur une commode, dans une jolie boîte de nacre aux côtés d'une psyché. Jean-Claude en profita pour se laisser tomber sur le meuble. Il fut content de retrouver une stabilité sous ses pieds car les variations d'équilibre à chaque pas ou à chaque mouvement de ses hôtes involontaires s'apparentaient, pour lui, côté passager, au balancement d'un navire par forte houle. La jeune femme se changea, enfila une jolie robe vert turquoise, se parfuma sous le regard charmé de son invisible témoin. La mélodie des quelques notes du carillon retentit. Christine ouvrit joyeusement. Un jeune homme brun, de haute stature, se tenait dans l'encadrement de la porte. Son sweat-shirt bordeaux soulignait ses larges épaules. Ses yeux bleus pétillaient de joie en prenant sa bien-aimée dans ses bras.

- Bonjour, Manu… le salua-t-elle d'un petit baiser sur les lèvres. Entre, je finis de me préparer, ajouta-t-elle en regagnant sa chambre. Elle revint quelques minutes plus tard, enfin prête.

- Que tu es jolie, ma chérie, complimenta-t-il. Que fait-on ce soir? Veux-tu que nous allions manger une pizza, puis continuer la soirée en boîte?

- Non, emmène-moi plutôt au cinéma. Comme ça, nous ne rentrerons pas trop tard.

Le sourire tendrement complice de Manuel creusa deux fossettes sur ses joues bronzées. Il entoura d'un geste câlin l'épaule de son amie, et tous deux s'en allèrent. Jean-Claude gagna son observatoire de prédilection, la table de nuit. Il s'assoupit jusqu'au moment où le couple rentra souriant, détendu. La porte de la chambre franchie, ils s'enlacèrent et échangèrent, tout en déshabillant l'autre, des petits baisers. Une fois dépouillée de ses vêtements, Christine s'assit sur le lit. Son compagnon, dans la même tenue, s'approcha. Avec délicatesse, elle entoura de ses bras les fesses de son amant et caressa avec son visage le sexe tendu de désir, avant de l'envelopper de sa bouche gourmande dans une lente et longue fellation. Les mains de Manuel crispées dans les cheveux, accompagnaient la tête de son amie lors de ses douces caresses bucco-linguales. Il la renversa ensuite sur le lit et la fit pivoter pour enfouir son visage dans la soyeuse toison bouclée. Tout à la volupté, les corps frémissaient, s'arc-boutaient. Manuel se dégagea et Christine haletante le supplia de la prendre. Avec beaucoup de tendresse, il remonta par petits baisers le long du corps brûlant, léchant les seins, jouant des doigts autour de l'aréole, effleurant le téton durci, parcourant le ventre pour venir s'attarder entre les cuisses dorées largement ouvertes. Vibrante, elle râlait, gémissait. Malgré ses suggestives incantations, il attendait toujours pour la prendre.

Jean-Claude médusé, n'en revenait pas devant le self-control de cet homme qui savait si bien résister à l'appel trop tôt clamé d'une femme, pour mieux la porter au summum de la volupté. Enfin, il la prit avec beaucoup de douceur, amplifiant peu à peu ses poussées. Pendant que leur valse charnelle à mille temps montait crescendo, Christine, les yeux révulsés, lâcha un cri profond de satisfaction. Alors, emporté par la passion, il se laissa aller sauvage, puissant. La sublime vibration qui explosa en eux, les fit communier un long moment, dans une étreinte immobile et palpitante. Les lèvres de Christine, gonflées d'enchantement, libérèrent de tendres mots d'amour, venus du fond de sa personne comblée. L'effusion charnelle laissant naturellement place à la tendresse, l'homme la cajola longtemps après. Jean-Claude fut frappé par l'expression heureuse du visage de la jeune femme, de ses yeux brillants. Tout en elle était reconnaissance. Jamais il n'avait vu tant de bonheur chez ses propres partenaires. Dépité, il dut se rendre à l'évidence.

“Je suis un gros nul ou il est génial... Certes, je dois bien les satisfaire mais un pied comme celui-là, chapeau ! Pétard, comme elle est belle, encore toute vibrante d'amour. Faut dire que le mec a su y faire. Il l'a emmenée loin... Grande classe, de savoir attendre quand elle supplie, qu'elle griffe les draps, qu'elle gémisse, qu'elle appelle le mâle libérateur. J'aurais pensé, à sa place, qu'elle était prête et que je pouvais y aller. Lui, c'est au plafond qu'il l'a faite grimper avant de l'aimer.

“Beau couple ! Je les envie d’avoir su se chercher, pour mieux se donner. Mais ça en vaut la peine… Mener une fille à un tel niveau de désir, penser à elle, savoir se dominer… Quelle récompense de la voir ainsi, si belle d’amour. Et ce moment de tendresse qui a suivi. Il lui parle, il l’écoute, il la câline. Beau, très beau. Bien souvent, c’est merci, au revoir, bonne nuit. Lui, il est encore là. L’acte n’est plus un but en soi mais un moyen. Il semble être à son écoute pour lui apporter le meilleur de ce qu’elle désire.”

Apaisé et enlacé, le couple s’endormit. Jean-Claude s’installa dans un coin tranquille, resta rêveur un bon moment avant de plonger dans un profond sommeil.

Quand Manuel partit au matin, ce fut avec un passager clandestin sur le col de sa chemisette. Jean-Claude fit un signe de la main à Christine qui paressait encore au lit. Il se sentait un peu complice de l’intimité de cette Aphrodite et se souviendrait longtemps du corps à corps tendre et voluptueux entre les deux jeunes gens.

Manuel marchait d’un bon pas vers un bar-tabac pour y boire un café et y acheter le quotidien local. Peu avant la porte d’entrée, il voulut fumer une cigarette. Il fouilla dans la poche et fit tomber le paquet. Lorsqu’il s’accroupit pour le ramasser, le passager microscopique abandonna son moyen de transport, au profit d’une jardinière fleurie qui fut un refuge plaisant parmi les pétales immenses et odorants. Il se demandait ce qu’apporterait cette nouvelle journée quand il vit sortir son hôte malgré lui, le journal à la main.

- Au revoir !... dit-il. Merci pour la leçon… Tiens, curieux… pourquoi ce mot ? Il est vrai, en y réfléchissant, que j’ai reçu une leçon d’aimer. Je me demande si ce n’est pas là, le but de la mission que m’a imposée la princesse : la vérité du plaisir donné aux femmes. Évidemment, si c’est cela le pourquoi de ma métamorphose, je vis quelque chose qui loin d’être dramatique comme je l’avais cru, pourrait devenir fabuleux, passionnant. Puisque j'ai compris ce qu'attend de moi Cécile de Paliris, je n'ai plus qu'à partir à la recherche de nouvelles expériences.

Au cours des différents épisodes amoureux qu'il eut à observer, il put constater ce qu'il y avait de valorisant ou non dans l'attitude de l'homme vis-à-vis de sa partenaire.

La presque totalité des couples n'apporta rien de plus qu'il ne savait déjà, mais lui fit prendre conscience que beaucoup de ses semblables manquaient de délicatesse et surtout usaient des femmes sans chercher à les mener au plaisir partagé. Bien souvent, elles subissaient les assauts virils avec indifférence, voire amertume. C'était surtout un accouplement égoïste où seul l'homme donnait le rythme et où la femme prêtait son corps dans tous ses mystères avec peu de chances d'être satisfaite. En somme, le plaisir à sens unique.

L'enseignement fut sévère, car il dut bien admettre qu'il ne s'était guère mieux conduit dans sa propre vie sexuelle. Il se déculpabilisa en se disant que presque tous agissaient de même, tout en se reprochant sa désinvolture,

Toutefois certains couples ne s'inscrivaient pas dans cette généralité et eurent l'occasion de lui offrir un enrichissement dans sa quête. Ainsi ce jour où, posté sur un petit muret de jardinière, il patientait depuis longtemps après avoir échappé tant bien que mal à un orage comme la Provence, en été, en a le secret. Ce trottoir était déserté au profit de celui d'en face où des artistes exposaient leurs tableaux et divers objets artisanaux. Seul un griffon passa à sa portée. Il bondit sur son dos et remonta vers la tête, comme à son habitude. Au fur et à mesure de sa progression dans le pelage, une gêne et une oppression l'envahirent jusqu'à devenir intolérable. Il voulut quitter son mode de voiturage canidé, mais ne s'en sentit pas la force. Il s'obligea donc à gagner le sommet du crâne où il pourrait respirer plus librement tout en évitant le risque d'un grattage intempestif par une patte vigoureuse ou une dent meurtrière. Le passage fut barré par l'énorme masse du collier. Ses forces l'abandonnèrent. Il eut une violente nausée et s'évanouit. Inconscient du drame qui se jouait dans son pelage, le chien traversa la chaussée. Au même instant, une voiture passa dans une flaque d'eau et inonda le griffon. L'animal s'ébroua longuement pour se débarrasser des éclaboussures qui le souillaient. Par la même occasion, le pauvre Jean-Claude fut projeté sur la pelouse d'un terre-plein de carrefour. Ce n'est que longtemps après qu'il reprit conscience. Une migraine atroce reproduisait dans sa tête le champ de manœuvres d'un escadron d'artillerie lourde. Boum ! Boum ! Boum !... scandait son artère temporale. Jean-Claude se demandait pourquoi les poils du chien étaient devenus verts. Quelques secondes de réflexion laborieuse furent encore nécessaires pour réaliser que c'était une forêt d'herbe. Perplexe, il ne comprenait pas la raison de sa présence dans cette jungle verdoyante ni ce qui avait pu engendrer un tel malaise, d'autant plus que depuis sa transformation, il s'était toujours senti en pleine forme, jamais indisposé. Il recouvrait peu à peu une clarté d'esprit et essayait de se remémorer le pourquoi du comment lorsque la terre se mit à trembler et à se soulever à proximité, dans le craquement des racines et le froissement des feuilles. Il prit peur et se protégea derrière un gravier gros comme une maison. Quelle ne fut pas sa stupéfaction de voir un train mou et luisant sortir lentement du sol, un ver de terre. Se remettant de ses émotions, l'aventurier miniaturisé essaya à nouveau de rassembler ses souvenirs. La violence de son étourdissement à l'instant où il allait franchir l'obstacle du collier lui revint soudain en mémoire. Il ressentait encore un goût âcre dans la gorge. La cause de son malaise lui sembla alors évidente : il avait subi les émanations d'un collier antipuce. Un comble ! Par contre, les raisons de son réveil sur l'herbe lui étaient toujours inconnues.

“C’est bien ma chance, soupira-t-il. À présent que j’ai compris ma mission et que je suis en train de l’accomplir, je risque ma peau pour une peccadille. Enfin, j’essaierai de m’en souvenir à l’avenir de ces foutus colliers meurtriers. Je crois bien que je ne considérerai plus le gentil qualificatif de « ma puce » comme anodin, avec ce que je viens de vivre ! Pas un quidam en vue… Ils ne se baladent jamais les gens de ce pays ? Tant pis, je vais aller, au hasard, je verrai bien.”

Il traîna de rue en rue, sans trouver une possibilité intéressante de se faire transporter. Le jour déclinait rapidement. Passant devant une boîte de nuit, il claqua des doigts, persuadé de dénicher en ces lieux la cible de sa prochaine paparazziade*.

Le night-club n’était pas encore ouvert. Habitué à se jouer de ce genre de difficultés, il se faufila sous la porte, puis chercha un endroit pour se reposer. Il choisit la base d’une applique lumineuse d’où il pouvait surveiller l’entrée et s’assoupit.

Ce fut un solo de batteries effréné qui l’expulsa de ses rêves. Le disc-jockey écoutait les nouveautés tandis que le personnel serveur s’affairait aux derniers préparatifs pour la soirée. Les fortes vibrations émises par les haut-parleurs bass d’une enceinte toute proche le secouaient de tout son être. Il profita d’une baisse du son pour s’éloigner le plus possible du baffle.

Il fit le tour de la piste de danse, alla vers le bar, évaluant au mieux la possibilité de bien voir et comment ne pas courir de nouveaux dangers.

Une grande colonne recouverte d’une mosaïque de miroirs se trouvait dans l’allée conduisant de l’entrée au bar. Des

---

* *Paparazziade : suivre, espionner l’intimité des gens sans leur consentement comme les paparazzi.*

plantes d'ornement factices posées sur le sol lui procurèrent un abri temporaire. Curieux, il observa les gens qui défilaient. Malgré leur look branché et disparate, il se lassa rapidement de cet examen. L'enseignement n'était pas très enrichissant. Alors, espérant se faire porter au comptoir, il choisit la chaussure avec laçage apparent d'un jeune homme qui, face aux miroirs, vérifiait si tout était conforme dans sa tenue. Fidèle à sa technique, il sauta sur le socle de cuir et s'accrocha dans le nœud du lacet. À son grand désappointement, il se retrouva dans ce qui sembla être l'épicentre d'un cataclysme : la piste de danse.

Décidément, l'inspiration du jour n'était pas bonne. Il crut sa dernière heure venue, secoué dans cette multitude de pieds qui ressemblaient à des porte-avions en folie valdinguant dans tous les sens.

À deux doigts du vertige syncopal, il fut sauvé de justesse par l'intro super cool d'un tube estival. Il profita de l'accalmie de ces jambes en folie, de cette frénésie pédestre, pour filer vers le bord de la piste où il arriva intact, mais exténué.

Il devenait impératif de grimper sur une personne, et de rester tapi en attendant la suite des événements.

Lui qui, dans son état normal, adorait aller en boîte de nuit pensa, persuadé d'avoir survécu à un avant-goût de l'apocalypse, que jamais plus, quand bien même il retrouverait son mètre soixante-quinze, il n'y remettrait les pieds. Un danseur habillé d'un pantalon en jean resta un moment à sa proximité. Par expérience, Jean-Claude savait que ce vêtement, de par ses épaisses coutures, était facile à varapper. Il grimpa jusqu'à l'épaule, sa vigie. Son transporteur, l'air sympa, scrutait les différents fêtards, dispersés dans la pénombre obligée du lieu. Un copain vint le saluer. Il l'invita à s'asseoir à sa table.

Ils discutèrent tranquillement devant un whisky. Le jeune qui abritait bien involontairement Jean-Claude transpirait à grosses gouttes, la danse et la chaleur ambiante avaient surajouté leur effet calorique. Il ôta son sweat pour se retrouver en chemise. La malchance poursuivait le minuscule squatter qui dut sauter illico presto pour ne pas être projeté vers une mort certaine. L'intrépide poussière d'homme atterrit sur la banquette puis sauta sur la table, toute proche. Il regarda les deux compères. L'un était assez beau garçon et habillé avec recherche ; l'autre, plus petit, avait un visage sans grande particularité et portait des vêtements corrects mais bien moins élégants que ceux de son ami.

- Tu ne trouves pas que l'ambiance est super ce soir? demanda le plus séduisant. Je sens que ça va marcher, ce soir. On va bien rigoler. Que penses-tu du nouveau DJ ? Il est génial, non? T'as vu l'ambiance qu'il fout? J'ai un pote qui le connaît et qui m'a dit que c'est le roi du kitsch. Il s'appelle DJ Schwin. T'en as déjà entendu parler? Intrigué par le mutisme de son vis-à-vis, il flanqua un coup de coude dans ses côtes. Oh !... Jean-Marc ! Tu pourrais me répondre quand je te parle !

- Hein ?... Quoi ?... Qu'est-ce que tu dis ?... Heu… excuse-moi ! Je n'étais pas là, je regardais une nana.

- T'es branché ? demanda Alain, curieux.

- Peut-être…

- C'est laquelle ?

- La grande, là, au fond de la salle, châtain clair. Tu vois, celle qui a le corsage rouge ouvert en “V” sur la poitrine et la jupe noire.

- Ouais… Ouais… Pas mal ! T'as du goût.

- T'as pas fait gaffe tout à l'heure, elle dansait près de nous. Je n'ai pas cessé de la mater, tu vois. J'sais pas… J'avais l'air de lui plaire, tu vois. Elle m'a souri. Vise ! Elle se retourne vers moi. Elle est vraiment belle. Je crois que j'ai un ticket… Je vais danser avec elle, c'est parti !

- Bonne chasse, mecton ! Je vais prendre l'air, on étouffe ici. À tout à l'heure.

Quand Alain revint au bout d'une demi-heure s'asseoir à la table, il s'étonna de la moue éteinte de Jean-Marc.

- Alors, Casanova !... Ça a marché ?

- Te fous pas de moi. J'ai frappé à la porte comme on dit, tu vois, mais derrière, personne, nada... j'ai tout fait faux. Elle me trouve sympa, mais juste pour l'amitié, tu vois. Et des fois que je n'aurais pas entendu ou compris, elle me l'a répété en articulant bien, tu vois : Juste pour l'amitié.

D'un geste rageur, il prit son verre et but d'un seul trait.

- Hé ! Callaghan, calmos. Tu ne vas pas te défoncer pour une nana ? Y a pas qu'elle ici, t'as le choix ce soir, y a du monde.

- Ça me ferait mal, tu vois, d'en arriver là, répliqua Jean-Marc en reposant son verre sans douceur.

Jean-Claude, tout occupé à détailler les filles pour tenter de deviner sur laquelle l'éconduit allait jeter son dévolu, ne vit pas le verre retomber. Il n'eut que le temps de s'aplatir dans une rainure du bois verni, les mains protégeant la tête et les oreilles. Les vibrations du verre lui donnèrent l'impression d'être dans un clocher un beau matin de noces. La musique se répercutait comme dans un gouffre sans fond.

- Jamais deux sans trois ! se dit-il. J'espère que ça va finir, Je prends vraiment trop de risques dans cette boîte.

Les visages des garçons, vus au travers de cette loupe phénoménale, étaient complètement déformés à ses yeux.

“Si je réchappe de cette galère, jamais on ne me croira, et pourtant... Merde... ! Il manquait plus que ça. Avec les petits débordements de boisson, le rebord du fond du verre fait ventouse sur la table. Impossible de passer entre. Et l'autre qui a tout bu. S'il ne reconsomme pas, je suis dans de beaux draps !... Le voilà qui se cale sur la banquette et se remet à ronchonner.”

Jean-Marc, contrarié, confia à son copain :

- C'est clair ! Alain... Y a pas qu'elle, mais celle-là, tu vois, elle est super. J'en peux plus d'elle.

- On est d'accord, elle est super, mais tu ne vas tout de même pas passer ta soirée à la reluquer et faire une tronche pas possible ? Amène-toi, on va danser.

- Non ! J'ai pas envie maintenant. Je vais aller un peu dehors me rafraîchir les idées, tu vois. Allez, à plus.

- À ta guise mon vieux. Moi, je vais sur la piste.

- Et moi ! Je sors comment, hein ? Cria Jean-Claude furieux. Je suis à l'étroit, là-dessous. J'ai tout du poisson rouge.

Un quart d'heure s'écoula. La panique commençait à le gagner quand enfin, Jean-Marc revint avec une carafe d'eau et se servit. Jean-Claude se crut dans les chutes du Niagara, mais le verre se souleva libérant son prisonnier qui se réfugia à l'autre bout de la table, loin de sa geôle de cristal. Rassuré, il regarda Jean-Marc, et s'étonna de sa mimique perplexe. Il chercha ce qui retenait son attention. Il suivit la direction de son regard et vit Alain sur une banquette, tendrement enlacé avec la beauté qui avait ignoré son copain. Apparemment, il avait su y faire. La belle se laissait embrasser avec une satisfaction évidente.

Un quart d'heure plus tard, Alain rejoignit Jean-Marc.

- Eh ! Mec, T'as vu la classe ? C'est tout chaud, j'emballe, c'est pour consommer tout de suite... Tu m'excuses, je me casse. Tu ne m'attends pas. Au fait !... Ça tient toujours pour demain ? On se retrouve sur le port comme prévu, d'accord ?

- D'ac.

- Tchao !

Il détala pour rejoindre son tout nouveau flirt qui l'attendait au dehors. Jean-Claude qui aurait aimé partir avec le copain de Jean-Marc, n'eut malheureusement pas l'occasion de l'approcher.

- Y a qu'à prendre celui de banlieue. Je vais donc investir le Jean-Marc et ne plus le lâcher. S'il ne se passe rien d'intéressant, au moins je sortirai de cet enfer.

Jean-Marc, quant à lui, était vexé.

Et rongeait son frein :

"Quelle chienne celle-là ! Elle m'allume en tortillant du cul tant qu'elle peut, tu vois, me regarde droit dans les yeux, me fait des sourires à faire damner un saint, et puis crac... Passe un beau mec, tu vois, et on renverse la vapeur, sans chercher à connaître sa personnalité, ce qu'il y a derrière, s'il tient la route. Non, tout simplement parce qu'il est beau, tu vois, Pff ! C'est tout de même dégueulasse. Les beaux ont de la chance, ils se retrouvent. Alain, lui, a toutes les gonzesses accrochées à ses basques. Il choisit celle qu'il veut, quand il en a envie, du morceau de choix, tu vois. Moi, je ramasse les miettes, quand il y en a... Il fait ce qu'il veut et moi ce que je peux. Il soupira en haussant les épaules. Cette fois, ça me fout les boules. Elle était réellement chouette. Ce salaud va bien se régaler. Et puis merde ! Je vais pas me morfondre pour une pétasse. Comme il dit, il n'y a pas qu'elle ici. Allez, voyons un peu... peut-être trouverais-je une fille pour finir la soirée."

Il se faisait tard, les couples s'étaient formés, les solitaires partis chercher fortune ailleurs.

Il y avait bien une demoiselle non accompagnée qui se tenait perchée sur un tabouret au bout du comptoir, mais elle ne l'attirait pas. Elle était petite avec des formes opulentes, avait un visage ordinaire, des cheveux raides et ternes. Une femme sans panache. Il la détaillait sans indulgence, encore perturbé par la belle allumeuse.

Se sentant observée, elle le regarda à son tour et sourit avant de reprendre sa contemplation vaporeuse de la salle. De temps en temps, elle surveillait Jean-Marc pour s'assurer que ses yeux la déshabillaient toujours. Il finit par répondre à ses sourires

Jean-Claude suivait leur manège et se mit à chapitrer son hôte.

- Hé ! collègue, tu ne vas pas draguer ce tas ? Il y a quand même mieux, non ? T'es jobastre ou quoi ? Tu ne vas pas me faire ça ? J'aurais préféré Alain et sa ravissante.

Jean-Marc se dirigea vers la fille et la salua. Elle lui rendit son bonjour très gentiment. Un point pour elle, pensa Jean-Claude, sa voix était mélodieuse. Il aurait même ajouté, vampée, tant elle avait une tonalité enjôleuse pour ne pas dire envoûtante. Jean-Marc l'invita à prendre un verre, ce qu'elle accepta, sans faire de manières. Il demanda quel était son prénom, premier coup du brise-anonymat.

- Ingrid, et toi ?

- Jean-Marc. Tu viens souvent ici ?

- Quelquefois, mais je préfère sortir à Hyères.

- Moi, je reste plutôt sur Le Lavandou.

- En fait, c'est un soir ici, un soir ailleurs. Je suis une oiselle de nuit.

Le barman les servit. Ils burent en bavardant comme de vieux amis, puis allèrent danser sur la piste. Agréablement surpris, Jean-Marc put constater que sa cavalière avait le sens du rythme et que malgré ses rondeurs affirmées, elle était souple et gracieuse. Sa joie de vivre était communicative. Ils s'amusèrent comme des fous, riant un peu trop fort, peut-être pour provoquer l'autre, pour qu'il fasse le premier pas.

La soirée s'étirait et une série de slows annonçait l'approche de la fin. Jean-Marc s'inclina tel un chevalier et demanda, d'un ton affecté :

- Mademoiselle, me feriez-vous l'honneur de cette danse ?

Jouant le jeu, elle tendit sa main qu'il effleura de ses lèvres.

- J'accepte volontiers, merci. Mon carnet de bal est bien rempli, mais, je vous accorde néanmoins cette faveur.

Très solennels, ils commencèrent à danser façon rétro. Peu à peu, leur jeunesse eut raison de leur jeu. Ils terminèrent sensuellement enlacés.

De son belvédère, Jean-Claude, fidèle à son fantasme fut aux premières loges pour admirer une poitrine bien ronde, libre de soutien-gorge sous le léger corsage. Les deux seins oscillaient au tempo de ses pas de danse. DJ Schwin lança le dernier morceau de la série cool : “Femme avec toi”, de Nicole Croisille. Ingrid, la joue contre celle de son cavalier, riant de ses boutades, l’embrassa d’une bise sonore très près de la commissure des lèvres. Jean-Marc saisit cette invitation pour l’embrasser. Ce fut un long baiser qui traduisit sur la fin, un désir on ne peut plus partagé. Jean-Claude dut souvent changer de place, fuyant les bras d’Ingrid qui entouraient le cou de son galant. Elle les bougeait tout le temps. La folle animation des mains caressantes le poussa à choisir de se laisser glisser dans la poche de la chemisette de Jean-Marc pour s’y réfugier. Il regretta bien vite son idée car, plaqué entre les deux étoffes, il n’avait plus de prises pour grimper et ne pouvait s’élancer pour sauter.

Le couple quitta la boîte et se rendit à la garçonnière du jeune homme. Emprisonné dans la poche, l’aventurier microscopique se faisait un sacré mouron.

- En premier lieu, je ne vois rien… Et s’il avait l’idée comme je l’ai eu fait certaines fois, de faire tremper sa chemise en arrivant, pour ôter l’odeur de la transpiration et du tabac ? Oh ! Misère. Tout va mal ce soir.

Secoué comme une bannière, il comprit qu’ils étaient dans la chambre et que les festivités câlines commençaient, ne serait-ce que par les soupirs d’aise que poussait Ingrid. Jean-Marc avait empaumé un sein généreux, ce qui de toute évidence ne la laissait pas insensible. Elle se décida enfin à déboutonner la chemisette de laquelle Jean-Claude était prisonnier. Elle la fit glisser le long des bras pour la jeter plus loin.

Ce fut pour Jean-Claude une sensation vertigineuse, d'être catapulté dans ce carcan d'étoffe légère, de rester en suspens d'interminables secondes, puis de se crasher au sol. La chute ne manqua pas de rudesse. Fort heureusement, les parois en coton amortirent le choc. Une rogne pas possible monta dans son cœur. Furieux, il s'extirpa de sa geôle de tissu et chercha du regard l'emplacement d'où il verrait le mieux. Une fois encore, il choisit la table de nuit.

Ingrid descendit la fermeture éclair du pantalon, puis le dégrafa, avant de le faire descendre le long des jambes de son amant. Surpris par cette entrée en matière si rapide, Jean-Marc mit un instant avant de la déshabiller à son tour. Il s'attarda longuement sur les seins encore bien placés, malgré leur volume. La jeune femme se laissa tomber sur le lit en l'entraînant. À présent allongés sur le côté, face à face, ils s'embrassèrent. Jean-Marc posa la main sur le pubis de sa partenaire, et entreprit une caresse profonde, tout en se penchant sur elle pour la prendre. Elle mit un frein à l'impatience masculine, en le repoussant d'un geste gentil.

- Attends ! Pas tout de suite… Vous êtes trop rapide, vous les hommes. Pourquoi serait-ce toujours vous qui décidiez du moment crucial ? Et si c'était à mon tour de conduire le bal, hein ?... Ça te dirait de te laisser mener par une femme ?

Il fit une drôle de tête, si peu préparé à ce genre de badinage. Elle en rit.

Tout en l'embrassant, elle le chevaucha. Jean-Claude, étonné de ce genre d'initiatives positionnelles de la part d'une partenaire, la trouva bien délurée. Il dut cependant convenir qu'elle avait en fait raison dans sa façon de faire. Dans cette étreinte, le plaisir avait beaucoup moins de chance de la laisser sur la touche. Elle descendit le long du corps de son amant, avec un raffinement de caresses expertes. Elle massait entre ses seins l'attribut érigé, en alternance avec une exquise fellation. Elle mordillait, léchait, disait des mots tendres ou suggestifs au creux de l'oreille. Elle savait arrêter juste à temps son manège voluptueux pour que perdure le plaisir et se positionnait, au gré de son besoin de caresses pour décupler ses sensations. Elle coulait d'excitation. Il l'explora fébrilement et voulut la prendre. À nouveau, elle se déroba.

- Non, mon chéri. Pas ainsi... Je t'ai dit que je menais. Laisse-toi aller ! Tu ne le regretteras pas. Assieds-toi contre les oreillers, allonge tes jambes.

Amusé, et gêné tout de même, il obéit. Les rôles s'inversaient, mais le chef connaissait son affaire et c'était bon.

À présent, elle lui tournait le dos et venait en osmose sur lui. Tous deux ressentirent puissamment la jonction de leurs sexes brûlants de désir. Cramponné aux seins de Ingrid, l'embrassant dans la nuque, il gémissait à l'unisson, sans aucune retenue.

Le sentant près de l'explosion, elle se laissa glisser le long des jambes masculines, pour s'allonger à plat ventre, et cria :

- Viens, Viens ! On va partir comme ça.

Il la couva de son corps et tous deux vibrèrent de sursauts exaltés. Ingrid chercha la main de Jean-Marc, et la guida vers son pubis pour qu'il exacerbe, en simultané, les exquises sensations qui s'animaient de plus en plus fort en elle. Il redevint mâle. Déchaîné, il se rua. Ils jouirent violemment.

Épuisés par cette joute voluptueuse, ils s'écroulèrent enlacés sur les draps qu'ils venaient de froisser.

"Eh ben, ça alors ! s'exclama Jean-Claude, quelle envolée ! Celle-là, elle sait ce qu'elle veut. Elle l'a mené par le bout du nez, le Jean-Marc. Il est tout chose le chéri, et pas mal surpris... J'avoue que moi aussi, je ne croyais pas qu'au dehors des professionnelles de la chose, beaucoup de femmes dévoilent et vivent leurs envies en prenant des initiatives aussi audacieuses." (Ces réflexions le laissèrent songeur.)

"Après tout, peut-être qu'au fond de chaque femme sommeille un chef d'orchestre des jeux de l'amour, avec tout le bénéfice qu'elle peut tirer de cette domination à son avantage, et le faire partager en retour à son partenaire.

Résignée depuis la nuit des temps à la domination du mâle, tour à tour objet de luxe ou de mépris, n'a-t-elle pas cherché une forme de sécurité ou fait montre d'une certaine lâcheté en abandonnant les rênes à l'homme? Faut-il aussi qu'elle ose, car bien souvent, lorsque nous parlons de nos conquêtes, nous ne sommes guère tendres envers celles qui aiment les relations charnelles. Ingrid, en sachant rester elle-même et en donnant libre cours à son naturel, a su être femme, experte, comblée, dominatrice ou soumise au gré de son imagination, dans des improvisations voluptueuses, tendres et passionnées. Elle ne subissait pas l'amour, mais le vivait. Plus d'abandon pour plus d'abondance. En tout cas, je me souviendrai longtemps de cette nuit. Je ne garderai pas le souvenir d'un corps à corps avec une nymphomane, mais celui d'avoir connu une femme qui aime faire l'amour, et non pas se faire sauter comme les a priori, les religions, et surtout les médias s'ingénient à nous l'inculquer jour après jour. Moi aussi ma belle, je me souviendrai de toi. Merci."

Le couple dormait lové, apaisé. Jean-Claude choisit un recoin de bibliothèque et s'abandonna à son tour à Morphée.

Il fut réveillé par des gémissements et des cris de jouissance. Décidément, ils ne chômaient pas. À voir leurs corps couverts de sueur, à les entendre, il sut que cette fois encore, c'était le septième ciel. L'espion invisible jeta un coup d'œil sur le réveil. Il était onze heures trente. Lorsqu'il s'apprêta, Jean-Marc donna rendez-vous pour le soir même à sa belle. Jean-Claude fit en sorte de ne pas rater l'embarquement sur le véhicule masculin lors de son départ.

Le jeune homme s'arrêta dans un snack, prit un sandwich et un demi, avant d'aller retrouver son ami sur le port. Alain l'attendait assis sur un banc, en fumant une cigarette blonde de marque américaine pour atténuer son impatience. Les jambes croisées, perdu dans ses pensées, il balançait nerveusement un pied.

- Salut, super Boy ! La vie est belle ?

- Oh ! Jean-Marc... je ne t'ai pas vu venir, j'étais ailleurs. C'est maintenant que t'arrives. Qu'est-ce que t'as foutu ? T'as pas entendu le réveil ?

- J'ai déjeuné sur le pouce pour venir te rejoindre, tu vois. Juste une bricole au snack, pour pas rester une plombe à table, tu vois. Alors ? Le petit bijou d'hier soir ?... Comment était-il ? T'as dû t'éclater, hein, vieille fripouille ?

- Bof !

- Quoi bof ! Elle avait l'air d'en vouloir. Tu ne l'as tout de même pas raccompagnée sans rien faire ?

- Bien sûr que non. On a fini au lit, mais c'était pas le pied que tu crois. Elle a de beaux yeux, de beaux nichons, un cul plein de promesses, mais pour ce qui est du reste... fifre ! Franchement nul. Je me demande si elle ressent quelque chose. Coincée ou frigide ? Ma foi, j'sais pas... Les pattes en l'air et on attend que ça se termine. Et toi ?... Comment t'as fini ? Au fait, pardon pour hier soir, je me suis presque conduit comme un salaud en te soufflant celle que tu convoitais, mais c'est moi qui ai ramassé le glaçon. Alors on est quitte... T'es rentré seul ? Jean-Marc resta silencieux. Tu me fais la gueule ? Toujours pas de réponse de son ami. Ouais, ouais. Monsieur fait des mystères. Un beau sourire, un non de la tête, et vu les valises que t'as sous les yeux, je crois bien que tu ne t'es pas ennuyé.

Jean-Marc ne répondait toujours pas. Son visage avait une expression entendue.

- On peut savoir avec quelle nana t'as fini la nuit ?

- Tu ne la connais pas, elle n'est pas d'ici, tu vois. Elle crèche à Hyères.

- Au moins son prénom, cachottier.
- Ingrid !
- Elle aussi… la beauté a le même prénom.
- Je sais, je sais.
- Comment tu sais ?
- T'as déjà oublié que j'ai fait connaissance avec elle avant que tu ne la tombes.
- C'est vrai, j'avais oublié.
- En tout cas, si elles ont le même prénom, là s'arrête la différence, tu vois. Si la tienne est franchement belle, la mienne ne casse pas des briques, tu vois. Un tantinet sexy, pas plus. J'avais une pigne pas possible, tu vois, de te voir partir avec cette petite merveille. Alors, comme je n'avais pas envie de rester seul, j'ai pris ce que j'ai trouvé, tu vois.
- Tu ne vas pas me faire un caca nerveux pour ça, non ? C'est pas la première fois qu'on se pique une gonzesse.
- C'est pas pour ça que je t'en parle, tu vois. Elle n'est pas très jolie, mais au lit… quel volcan. J'te dis pas ce qu'elle est capable de faire, tu vois, ni le panard qu'on s'est pris. Je suis Heu – reux, ajouta-t-il en articulant bien les deux syllabes.
- M'ouais… Eh ben ! c'est bien, fit Alain sceptique.
- T'as pas l'air de me croire. Je t'assure, elle m'a complètement vidé, tu vois. Si bien que j'ai pas envie de partir avec toi à la pêche, tu vois. Je vais dormir. Ce soir je la retrouve, et je tiens à être en forme, tu vois.
- On aura tout entendu. Et ben bravo !
- En effet, tu peux dire bravo. Cette nuit, tu vois, j'ai découvert qu'il n'y a pas que, non… Je devrais plutôt dire que beauté ne rime pas forcément avec efficacité, tu vois. Et ce que tu viens de me dire ne fait que confirmer, tu vois, cela. Je t'assure, un sacré caractère. La plupart du temps, les nanas se soumettent à nos envies. Avec Ingrid, tu vois, pas du tout… C'est elle qui mène la danse, et crois-moi, elle sait y faire. J'en frémis encore, rien que d'y penser, tu vois.

Devant la ferveur de son ami, Alain commençait à le prendre au sérieux, quoiqu'un peu vexé d'avoir tiré le mauvais numéro. Jean-Marc prenait sa revanche sur la beauté. Il en rajoutait pour se venger un peu de son ami, vers qui allaient toutes les filles.

Jean-Claude les écoutait avec intérêt. Il s'adressa au bienheureux :

- Jean-Marc, mon ami, pense qu'il n'y a pas que ton Ingrid qui soit ainsi. D'autres femmes sont certainement prêtes aussi à s'adonner sans retenue aux joies de l'amour. Faut-il encore que tu leur en donnes l'envie ou la possibilité de le faire. Et toi, le bel Alain? Oui, toi tu es beau certes, mais es-tu sûr qu'aucune femme n'ait parlé de toi comme tu viens de le faire pour ta partenaire? Toi aussi, tu es beau et peut-être inefficace.

Les paroles de l'observateur rapetissé n'atteignaient pas les deux garçons, mais traduisaient cependant l'évolution de sa dialectique introspective depuis le début de sa mission imposée.

Alain ne digérait pas son échec et encore moins l'expression de ravissement de son copain. Il ne put s'empêcher de persifler :

- Encore une garce de bas étage, une de ces droguées de l'amour qui ne se sentent bien qu'avec un phallus entre les cuisses.

- Stop! Alain. Ne parle pas comme ça d'Ingrid. Nous avons discuté aussi tous les deux, tu vois. On a pas fait que s'envoyer en l'air, tu vois. Crois-moi, c'est une fille très bien. Elle aime faire l'amour comme toi, comme moi. Elle ne boudine pas, elle ne change pas de mec tous les jours, tu vois. Quand elle en rencontre un avec qui elle se sent bien, elle est active en faisant l'amour et vit pleinement ses envies, c'est tout. Alors arrête de la prendre pour une salope parce que dans ce cas, nous aussi, tu vois, nous sommes de gros salauds.

Notre statut d'homme nous fait être admirés quand nous sommes des tombeurs. Mais, si une fille est libérée et fait l'amour quand et comme elle en a envie, avec qui lui plaît, c'est une salope, tu vois. Révise tes préjugés phallocrates, Alain…

Je vais même plus loin, tu vois. J'espère rester un peu avec elle, parce qu'elle est douce, experte, gaie sans chichis. Elle, avant tout, elle est. Elle ne fait pas que se montrer. De plus elle n'est pas conne, tu vois. On a parlé de différents trucs de la vie, de l'actualité, tu vois. On a échangé nos idées et je peux t'affirmer qu'elle sait défendre les siennes. C'était super, vraiment super, Alain.

Jean-Claude restait perplexe et réfléchissait.

Puis, portant l'estocade, Jean-Marc ajouta :

- J'avoue que je ne me suis pas mal défendu, tu vois. Je devais être dans un bon jour. On a remis ça, et à chaque fois, je l'ai fait jouir comme c'est pas permis. T'aurais vu ça, Alain… C'est autre chose que, quand la fille sachant qu'elle restera en plan, te la joue film X, tu vois ce que je veux dire. Elle gémit ou couine bien pour simuler son plaisir, tu vois, pour te laisser croire que t'es un bon et en finir au plus vite. Eh ! bien, là non. Là, avec Ingrid, du vrai, du vif, du génial, tu vois.

Jean-Claude éclata de rire.

- Bouffon ! Prétentieux !... Ne l'écoute pas Alain. C'est un menteur. Il ramène tout à lui, ce vantard. T'aurais vu son air ahuri quand elle l'a pris en main. C'était pas triste… C'est un peu fort ce besoin de se faire valoir auprès des autres en se donnant le beau rôle, surtout quand on a été simple figurant comme toi Jean-Marc.

Alain commençait à mal prendre les choses et s'énervait :

- Bon, Jean-Marc assez ! T'es content, c'est bien. Tu ne viens pas à la pêche avec moi, c'est O.K. Alors tchao ! À la prochaine. Je vais faire un tour.

Jean-Marc avait la mine satisfaite. Pour une fois ce n'était pas lui qui était en échec, mais Alain.

Adorable revanche prénommée Ingrid.

Un autre jour, Jean-Claude avait choisi comme guide pour l'inconnu une jolie femme qu'il estima âgée de trente ans. Elle avait de beaux cheveux blonds dans lesquels il s'était blotti. Ses yeux d'un bleu profond magnifiaient son visage d'un ovale parfait auquel les pommettes légèrement saillantes conféraient un type slave. Elle était mince et bien proportionnée. Elle roulait vers Saint-Tropez, en compagnie d'une amie dont les mèches décolorées et le léger embonpoint déplaisaient à l'invisible passager. Toutefois, il retenait le charme du regard enjoué et la mobilité de ses yeux andalous.

Elles avaient l'intention de se balader sur le port. Hélas, il y avait une incroyable file de voitures depuis le carrefour de "La Foux", situé à cinq kilomètres de leur célèbre destination. La conductrice s'énervait, tambourinant sur son volant, vitupérant contre les motos qui louvoyaient entre les autos.

- Tu sais, Isabelle, je ne crois pas que nous irons à Saint-Tropez ce soir. Je n'ai pas du tout l'intention de faire la queue pendant des heures. Je me tape assez d'embouteillages toute l'année pour ne pas continuer en vacances. Je ne vais pas jouer les moutons de Panurge. Le temps libre est bien trop court pour le perdre dans une voiture escargot. C'est à se demander, qu'est-ce qu'on a tous à faire au même endroit, au même moment? Faut croire que les gens aiment se marcher sur les pieds ou que l'on arrive pas à se déprogrammer du codage horaire du métro, boulot, dodo.

- Comme tu veux Virginie! Il est vrai qu'on n'est pas encore arrivées à ce train-là. Tant pis... C'est toi qui conduis, alors tu décides.

- Merci. Jamais je n'aurais la patience de continuer à rester pare-chocs contre pare-chocs. Si on allait à Sainte-Maxime?

- Pourquoi pas ! On tâchera de revenir à Saint-Trop pendant les heures creuses.

Elles prirent la première route sur la droite, firent demi-tour dans un accès à une propriété et revinrent s'interposer dans un flot de véhicules roulant vers la jolie cité balnéaire de Sainte-Maxime. Les voitures roulaient à faible allure mais elles roulaient, à la différence de celles dans l'autre sens qui alternaient immobilité et saut de puce. Pendant la saison, les places de parking étaient introuvables dans le dédale des rues maximoises. Virginie finit par dénicher un emplacement où se garer.

Elles marchèrent au hasard et furent attirées par des airs de rock des années soixante qui venaient d'un bistro rétro. Elles se regardèrent et leur sourire mutuel fut un tacite laissez-passer. Elles commandèrent un verre de jus de fruit et écoutèrent, ravies, les quatre musiciens qui jouaient dans un angle de la salle. Ils avaient une vingtaine d'années et se donnaient à fond dans un tempo endiablé mené avec brio. Leur prestation avait attiré tant de monde qu'elles durent rester debout, leur verre à la main. Une heure plus tard, elles poursuivirent leur balade, enchantées par l'ambiance nocturne qui régnait dans cette localité. Le front de mer était bordé d'une grande esplanade sur laquelle de nombreux musiciens itinérants offraient, dans la douceur estivale du soir, des spectacles de qualité. Un solo de trompette saluant joyeusement miss Dolly ou un violon évoquant l'esprit au-delà de la Volga ; tout un joyeux tintamarre pour le plus grand enchantement des promeneurs.

Elles restèrent un long moment à les regarder, les écouter. De l'autre côté du golfe, Saint-Tropez brillait de toutes ses lumières. Leur balade les conduisit devant le casino. En bas des marches d'entrée, un homme en veste grenat, chemise blanche, nœud papillon et pantalon noirs, leur souhaita un aimable bonsoir auquel elles répondirent.

Virginie posa la main sur le poignet de son amie.

- Isabelle, si on entrait ? Je n'ai jamais mis les pieds dans un casino. Qu'en penses-tu ?

- Moi non plus, je n'ai jamais joué. Tu crois qu'on peut entrer comme ça ?

Le portier les écoutait en souriant.

- Bien sûr mesdemoiselles ! Vous pouvez entrer. Vous n'êtes pas obligées de jouer, vous pouvez seulement regarder.

Toujours perché sur Virginie, Jean-Claude lui enjoignait mentalement d'entrer dans l'établissement. Il n'était jamais, lui non plus, allé dans ce genre de lieu.

Elles se décidèrent enfin À gravir le perron semi-circulaire qui menait à un hall dont le sol était recouvert d'une épaisse moquette rouge à motifs noirs et gagnèrent un vaste palier. À leur gauche, une grande salle accueillait les candidats au jeu de la boule. Elles changèrent chacune deux cents francs en jetons de couleur différente selon leur valeur, puis se dirigèrent un peu intimidées vers la table la plus proche autour de laquelle s'agglutinait une foule hétéroclite. Elles observèrent les gens miser. Le croupier lança la boule, en annonçant à voix haute "faites vos jeux". Isabelle se lança la première.

Elle posa un jeton d'une valeur de dix francs sur le cinq. Elle était la seule à avoir misé sur ce numéro. Le croupier dit :

- Les jeux sont faits… Rien ne va plus… Numéro cinq ! Dix au numéro… À qui ?

Rouge de confusion, les yeux brillants d'excitation, Isabelle s'exclama :

- Moi ! Moi !

Le croupier déposa sept jetons de dix, juste devant elle. Motivées par ce succès, elles jouèrent toutes les deux, Jean-Claude observait les gens autour des tables. Certains étaient des vacanciers, novices, à coup sûr, désordonnés dans leur façon de placer leur mise, parlant fort, se trompant. D'autres, dès leur arrivée jetaient sur plusieurs numéros des jetons de cinquante ou cent francs, encaissaient ou perdaient avec une indifférence provocante. Beaucoup de touristes étrangers jouaient aussi aux différentes tables. Près du croupier se tenait un couple très attentif. L'homme suivait le jeu, semblant se livrer à de savants calculs pendant que sa compagne, sur ses indications, plaçait les jetons. À leur côté, un jeune homme d'environ trente ans, habillé sobrement mais avec recherche, notait sur un carnet chaque numéro sortant. Son manège intrigua Virginie, d'autant plus que devant lui les gains s'empilaient.

Un murmure d'admiration courut autour de la table. Pour la troisième fois consécutive, le numéro sept sortait en faveur du couple qui misait gros. La femme, imperturbable, ramassait les jetons et les répartissait entre elle et son compagnon.

Apparemment ces deux-là connaissaient leur affaire. Le chef de table dardait sur eux un regard aigu.

Isabelle et Virginie avaient quasiment perdu toutes leurs mises et avaient la mine défaite. L'homme qui prenait des notes souriait à leurs réactions de novices. Il gagnait tout le temps ou presque. Les filles, n'ayant plus que vingt francs, décidèrent de copier son jeu. Il engagea cinquante francs sur le trois. Elles mirent leurs vingt francs sur ce numéro et, anxieuses, suivirent la course fantaisiste de la boule qui hésita plusieurs fois avant de s'arrêter sur le trois. Isabelle trépignait, attrapait le bras de Virginie qui d'une nature plus réservée, manifestait sa joie plus discrètement. Encouragées par cette bonne fortune, elles jouèrent au gré de l'inspiration du jeune homme. Ce dernier s'était rendu compte de leur manège et affichait un sourire sympathiquement moqueur. Il gagna un beau doublé, il rangea son carnet, ramassa ses jetons et alla les changer contre une liasse de billets. Les filles continuèrent à jouer mais reperdirent très vite tout ce qu'elles avaient pu gagner. Quelque peu déçues, elles quittèrent la salle. Le joueur chanceux se trouvait encore dans le hall, Virginie ne put s'empêcher de le féliciter sur sa réussite.

- Compliments, monsieur ! Vous savez jouer.

- Merci ! Mais c'est surtout la chance qu'il faut remercier. Pour ce qui est du reste, chacun son truc pour minimiser le hasard.

- Pardonnez mon indiscrétion. Puis-je vous demander pourquoi vous notez les numéros sortis ?

- Indiscrète... peut-être, dit-il en souriant. Mais ce n'est pas un secret. Hélas, je dois bientôt prendre mon service, je n'ai pas le temps de vous expliquer mon principe de jeu. Si toutefois vous revenez demain soir, je serai là vers vingt-deux heures trente, et vous verrez que, même si ça ne marche pas à tous les coups, on peut cependant gagner souvent ou limiter les dégâts.

Virginie répliqua en riant :

- Et nous ferons sauter la banque.

- Ça fait du bien de rêver, n'est-ce pas ?... Excusez-moi, mais je dois y aller. Au revoir et peut-être à demain...

- Peut-être, au revoir !

Ils quittèrent tous trois le casino. Le jeune homme récupéra sa voiture garée sur le parking réservé aux habitués, pendant que les filles se promenèrent encore un peu dans cette chaude nuit d'été. Le sens de l'orientation leur faisant défaut, elles eurent du mal à retrouver leur voiture et elles explorèrent plusieurs rues avant de la retrouver. Elles regagnèrent Le Lavandou en longeant le bord de mer, cadre féerique. Virginie s'arrêta devant l'entrée d'un camping, en périphérie de la ville. Se tournant vers son amie, elle proposa :

- Tu viens avec moi demain soir ?

- Je ne pense pas. C'est marrant de jouer, mais je n'en ferais pas ma distraction favorite. Et si je fais la saison, c'est pas pour perdre ma paie sur le tapis vert d'un casino. Ça ne te fait rien si je te lâche ?

- Pas du tout.

- En plus, je risque d'être invitée demain. On doit me téléphoner, dans la matinée.

- Ce n'est pas grave, j'irai toute seule. Juste pour voir si le type vient et tient parole en me dévoilant ses secrets. Allez, au revoir. On se téléphone, d'ac ?

- Comme d'hab. Bonne nuit.

Jean-Claude était déçu. Il espérait que l'une ou l'autre irait rejoindre un galant. Il fallait qu'il se décide vite. Avec qui rester ? Tenter seul sa chance à la recherche d'un couple ? La soirée était bien avancée et Virginie était un adorable moyen de transport. Il choisit de rester avec elle, plutôt que de risquer une aventure hasardeuse. Une nuit de repos serait de plus la bienvenue. Dans son coquet appartement, la jeune femme offrit à Jean-Claude le spectacle de sa charmante et chaste nudité avant de se coucher. Il la trouva très belle, bien plus qu'il ne se l'était imaginé. Las, il s'installa sur la tête du lit en rotin pour s'endormir.

Soudain, il entendit ce qui lui semblait être un sifflet perçant. Virginie remua vivement la tête en soupirant. Le bruit persistait. La blonde jeune femme s'assit dans le lit et alluma la lampe de chevet. Elle sonda l'espace pour déterminer l'origine de ce sifflement stressant. Soudain, d'un geste vif, elle claqua sèchement ses mains l'une contre l'autre en poussant un petit cri de victoire. Elle se coula à nouveau sous les draps, éteignit la lumière et sombra dans le sommeil. Le sang de Jean-Claude se glaça en imaginant qu'il pourrait avoir un jour à subir le même sort que le défunt moustique.

La journée du lendemain fut relâche totale. Il flemmardait avec satisfaction près d'un vase rempli de fleurs, quand il entendit un vrombissement tenace. En levant la tête, il remarqua un phénoménal éléphant volant, doté d'yeux aux mille facettes et d'une trompe démesurée qui se projetait au loin avant de s'enrouler. Ce n'était qu'une mouche qui, obstinée, virevoltait au-dessus du chapiteau floral. Il eut le loisir de la détailler, elle était affreusement monstrueuse. Finalement il prit position près du sac à main de Virginie dans l'expectative du soir.

Elle avait tressé ses cheveux à l'égyptienne, mis des pendentifs d'oreille nacrés, enfilé une jolie robe de mousseline noire très décolletée et chaussé des escarpins assortis. Elle était ravissante, féminine en diable. Jean-Claude se surprit à être fier de l'accompagner malgré son invisibilité : certainement là une réminiscence de son ex-état d'occasionnel courtisan. ... Il haussa les épaules, un peu triste tout à coup que la réalité de sa miniaturisation se rappelle amèrement à son bon souvenir. Il se laissa emporter confortablement assis dans une mèche de cheveux soyeux.

Dès qu'elle entra dans le casino, Virginie scruta la salle déjà pleine de monde, mais n'aperçut pas le joueur de la veille. Elle attendit, observant sans participer. Dix minutes plus tard, il entra, nonchalant, et habillé d'un ensemble dépareillé blanc et noir. Il se dirigea vers les tables au tapis vert quand il la reconnut.

- Bonsoir. Elle lui rendit son salut avec un charmant sourire. Je me prénomme Gérard et vous ?

- Virginie.

- Je suis enchanté de vous retrouver. Toujours aussi curieuse de connaître les secrets du jeu ?

- Bien sûr ! Si vous le voulez bien... J'en serais ravie.

- Nous ne pouvons pas parler tranquillement, ici. Accepteriez-vous que nous marchions un peu ? Pendant ce temps je vous expliquerai cela.

- Très volontiers, il fait si chaud là-dedans.

Il s'effaça pour la laisser passer. Ils descendirent les marches d'entrée, et allèrent au gré de leurs pas. Passant devant une crêperie, il invita Virginie et lui proposa de lui présenter sa méthode en savourant une crêpe. Gourmande, elle s'empressa de dire oui. Il expliqua que ses principes de jeu n'étaient en fait qu'une martingale qu'il avait calculée et adaptée à ses possibilités financières. Les explications claires et précises furent soigneusement mémorisées par Jean-Claude dans l'espoir de les mettre à profit ultérieurement, si par chance le point de non-retour n'avait déjà pas été atteint. Ce petit intermède pédagogique terminé, ils firent une balade qui les emmena à une terrasse de bar où un musicien jouait d'une multitude d'instruments. Ils y consommèrent un café tout en bavardant de tout ce qui fait une conversation de rencontre : le temps, le lieu, l'activité professionnelle, les passions... À la différence d'une machine à sous, les chiffres affichés par la montre ne cessaient de tourner et les rappelèrent à l'ordre. Ils revinrent au casino mettre en application les bons principes de Gérard.

La salle était bondée. Les trois tables étaient ouvertes. Virginie changea trois cents francs.

- Il faudrait mettre un peu plus pour mener à bien la martingale, conseilla-t-il.

- Désolée, je n'avais pas prévu cette façon de jouer. Je n'ai plus de liquide disponible sur moi, répondit-elle un peu confuse.

- Virginie, tu veux bien qu'on se tutoie ?

- Bien sûr ! C'est plus sympa.

- Laisse-moi faire. J'ai envie de te faire un cadeau. Range ton argent. Nous jouons à deux et je t'offre la mise.

- C'est gentil, mais ça me gêne.

- Ne sois pas gênée. Je suis content de passer cette soirée avec toi. Accepte donc, c'est de bon cœur...

- Bon ! Tu l'auras voulu. Si je perds, tu ne t'en prendras qu'à toi.

Gérard sourit.

- Allons ! Ne pars pas défaitiste. Pourquoi veux-tu que nous perdions ? Nous gagnerons, Virginie. N'est-ce pas ?...

Ils rirent de bon cœur et se rendirent à une table de jeu. La chance fut au rendez-vous. Une heure et demie plus tard, ils quittaient le casino avec un gain net de mille deux cents francs. La mémoire défaillante de Gérard occasionnait un léger goût d'amertume chez la jeune femme qui n'osait rien réclamer, puisqu'elle n'avait pas participé à la mise de jeu. Elle s'en voulait de ne pas avoir suivi sa première idée. Il la raccompagna à sa voiture. Lorsqu'elle s'installa au volant, il prit sa main gauche pour y déposer le gain de la soirée.

- Qu'est-ce que tu fais ? demanda-t-elle surprise.

- Comme tu vois, je t'offre ce que nous avons gagné. J'ai passé une agréable soirée en ta compagnie. Vraiment ! Tu m'as porté chance. Accepte, c'est avec plaisir.

- Tu plaisantes ! C'est trop. (Elle sortit de la voiture.) Il n'en est pas question. Tu as toi-même dit que l'on jouait à deux. Moi aussi, j'ai passé une bonne soirée grâce à toi. Non, je ne veux pas tout. Le jeu c'est le jeu.

- Virginie, ça me fait plaisir… Tu t'achèteras un petit bijou ou autre. Qui plus est, j'ai récupéré la mise de départ. Ne t'inquiète pas, je ne perds rien. Tout ça, ce n'est pas moi, c'est le casino qui te l'offre. Ça te rappellera notre rencontre et tes premiers pas dans l'enfer du jeu.

Ces dernières paroles, prononcées avec fantaisie, détendirent Virginie mise mal à l'aise par ce beau cadeau inattendu. D'autant plus qu'elle s'en voulait d'avoir si mal jugé son partenaire. Ses yeux allaient de Gérard aux billets qu'elle tenait en main. Finalement, la galanterie de cet homme la fit se reprendre. Elle sourit, émue, et finit par accepter, en l'embrassant chaleureusement sur les joues.

- Merci Gérard. C'est plus la gentillesse de ton geste que le cadeau qui me touche. Demain, si tu veux bien, j'avancerai la mise à mon tour.

Il la regarda amusé, un peu circonspect.

- Tss ! Tss ! J. V.

- Bon, eh bien ! au revoir et...

Gérard l'interrompit en disant avec un large sourire :

- Non, non. Je voulais dire J. V. comme jolie Virginie, et non pas j'y vais, comme s'en aller.

Silencieuse, elle le fixa dans les yeux, puis éclata de rire en réalisant le quiproquo. Elle reprit son souffle.

- J. V., merci, répondit-elle flattée.

- Je désirais te mettre en garde. Ne crois pas que le casino, ça marche à tous les coups. Ce soir, c'était super, mais il ne faut pas tenter le diable. De plus demain et après-demain je ne serai pas disponible. Si tu le veux, nous pourrions nous revoir samedi.

- Pourquoi pas ? On se retrouve où et à quelle heure ?

- Je ne peux pas te donner d'heure précise pour l'instant. Mes horaires varient chaque jour. Pourrais-tu me laisser un numéro de téléphone pour que je puisse te prévenir, dès que je les connaîtrai ?

- Bien sûr.

Elle inscrivit un numéro sur un bout de papier et le lui tendit. Ils parlèrent encore un peu, puis se quittèrent après un échange de bises amicales.

Le squatter de la coiffure de Virginie se sentait frustré.

"Flûte ! Alors, il ne s'est rien passé. Qu'est-ce qu'ils attendent ces deux-là pour franchir le pas ? Que vais-je faire ce soir ? Rester avec elle ou aller voir ailleurs ? Je me suis fait avoir, il est trop tard pour trouver un couple à présent. Tant pis, je m'encroûte. Je reste avec ma jolie et sage demoiselle pour cette fois encore."

Le sommeil fut très régénérateur. Jean-Claude cependant en avait assez de cette inaction. Rien de nouveau n'était apparemment prévu jusqu'au jour du rendez-vous et qui plus est, les rapports entre Virginie et Gérard pourraient bien n'en rester qu'au stade de la simple amitié. Il fallait qu'il quitte cette séduisante hôtesse et poursuive ses pérégrinations ailleurs, avec d'autres personnes.

Il était un peu plus de treize heures lorsqu'elle rejoignit son amie Isabelle qui l'attendait au comptoir d'un plagiste. Le microscopique homme profita des bises de salutations pour quitter son charmant moyen de transport. D'un bond, il se retrouva sur le bar et courut se mettre en sécurité près de la pompe à bière. Il les regarda s'installer sur deux des matelas disposés autour de la terrasse, se mettre en monokini pour se donner en offrande au dieu Hélios. Au pied de l'immense tour métallique qui crachait son flot écumeux dans les chopes, Jean-Claude contemplait ces Vénus quand deux clients firent écran en venant s'accouder au comptoir. Le premier, de taille moyenne, avait le cheveu rare, le teint cuivré, les yeux bleus et la bedaine indéniable du bon vivant avéré. Le second était un grand blond de carrure moyenne. Chacun commanda un pan-bagnat accompagné d'un verre de rosé. Ils se faisaient face et conversaient avec une verve bien provençale. Le plus petit, qui écoutait son ami, se retournait par intermittence. Finalement, il prit la parole pour sauter du coq à l'âne :

- Hé ! David, excuse-moi de t'interrompre. T'as vu le petit lot là-bas ? La brunette, assise au fond. Dommage qu'elle soit accompagnée, j'aurais bien fait un brin de causette avec elle.

Son vis-à-vis jeta un regard blasé sur le petit lot et commméra :

- M'ouais ! Elle est mignonne. Je te l'accorde Jean-Marie, elle est mignonne mais c'est une salope.

- Sans dec… tu la connais ?

- Sans plus. Ça fait pas mal de temps qu'elle vit avec un type de la Croix-Valmer.

- Le mec, là, qui est avec elle ?

- Et non ! C'est justement pourquoi je te dis que c'est une salope. Son jules, il travaille avec un pote à moi. Je sais qu'il est parti pour son job, il y a quelques jours. Et putain, elle n'a pas perdu de temps pour combler le vide, cette garce !

- Oh ! T'y vas pas un peu vite, non ? Rien ne te dit qu'elle se le fait. Ce n'est peut-être qu'un copain, non ?

- M'ouais !... T'en connais beaucoup, toi, des copains à qui on caresse le genou, et qu'on regarde de cette façon ?

Jean-Marie suivit le manège, par-dessus son épaule.

- Très juste, admit-il. Je ne m'en étais pas aperçu. Autant pour moi…

- Putain ! Si un jour je trouve ma gonzesse avec un mec, tu m'entends Jean-Marie, le gars je l'écrase et elle… je lui file une de ces tartes que je la mets sur orbite ! Toutes les mêmes, ces pouffiasses.

- Oh ! Fatche de ! Comment t'en parles, toi. T'y vas pas avec le dos de la cuillère, reprocha Jean-Marie. Elles ont bien le droit d'avoir un ami aussi. Et puis, putain ! Comment y disent les amerlocs… Ah ! Oui, faut être cool. Cela fait une récréation dans la vie d'un couple, non ? Et toi, hé, gros rigolo, ça ne t'arrive jamais de tromper ta régulière, hein ?

- Heu !… Ben oui, à l'occasion… Mais c'est pas pareil.

- Pas pareil ? Et pourquoi, s'il te plaît ?

- Pourquoi ? Parce que je suis un homme, tè ! C'est moi qui porte le pantalon, comme on dit.

- Pff ! Et au nom de ce soi-disant privilège, tu as le droit de satisfaire tes envies alors qu'elle, fifre ! C'est ça, hein ? Si madame a la même folie que toi, ça lui est interdit, n'est-ce pas ?

- Affirmatif ! Et si jamais je venais à apprendre qu'elle me trompe ô, compte sur moi, elle s'en souviendra, putain ! Ça ouais ! Elle s'en souviendra.

- T'es vraiment pourri, David. Tche de con ! Je ne te savais pas si macho. Pour toi la liberté du corps est uniquement pour l'homme. La femme, quant à elle, elle doit s'écraser. C'est ça, hein ? Sacré David, va !

Jean-Marie jeta encore un regard vers la brune frivole. David, agacé, dit d'un ton sec :

- Tè ! on change de place. Tu te mets là, tu la verras mieux. Moi, elle me débecte... Je lui tourne le dos, comme ça, je ne la vois plus. Et si on parlait d'autre chose ?... Qu'as-tu fait, hier soir ?

Jean-Marie pouffa de rire aux souvenirs de la veille.

- Estrassés* de rire. Dommage que t'étais pas là, t'as loupé quelque chose. On s'est estrassés. C'est vrai, j'ai oublié de te raconter. Tu veux un café ?

- Non merci, pas de café, plutôt un rosé bien frais.

Jean-Marie commanda deux verres ballons de rosé bien frais et reprit :

- Où en étais-je ?... Ah oui ! Hier, on était à « La Jam ». Tu sais, le piano-bar que tient le gros Lulu.

- Je connais, je connais. Et alors ?

- J'étais avec Nicolas et Jeannot. Je peux te dire qu'il y avait du vent dans les voiles, oh. Jeannot et moi ça allait encore, mais Nicolas... grave. Bonjour, les pompes à bascule. J'te dis pas. Il a carrément sauté sur une mine. Oh ! le con, ce qu'il tenait. C'était pas triste. Vers une heure du mat, on était au bar en train de déconner, une nana inconnue se pointe et me tape sur l'épaule, par-derrière. Surpris, je me retourne. Tu sais pas ce qu'elle me dit, oh ?

- Comment veux-tu... Allez, abrège.

- Eh bien, elle me demande "j'ai envie de danser, ça vous dit ?" Tu parles, si ça m'a fait drôle ! Sans compter les vannes du Jeannot. Tu sais comme il est. Question bock, il ne fait pas que les boire, il sait aussi te les faire prendre. Comme elle ne bougeait pas et attendait, j'ai cédé. Elle se prénomme Fanny.

- Fanny !

---

* *Estrassés : se tordre de rire (régional).*

- Oui, pourquoi ?

- Veinard, et tu te l'es fait le…

- Ah ! Elle est facile celle-là. T'es toujours aussi lourd, pff ! dit Jean-Marie contrarié.

- Oh ! calme. Tu sais comment je suis. C'est pour rire. Bon, elle est comment ta Fanny ?

- Elle est pas mal. D'accord, c'est pas un canon, mais ça va. J'ai fait dans le pire. Putain ! Quand j'y pense…

- Elle est si moche que ça ?

- Non, non, pas elle. C'est au pire que je pensais. Bon, bref ! On a vite fait connaissance. Vraiment connaissance, si tu vois ce que je veux dire. De ce fait, j'ai largué Jeannot et Nicolas, et je suis parti avec elle. C'est dingue, non ? Je te jure que dans cette histoire je n'y suis pour rien. C'est elle qui m'a dragué.

- Encore une salope en chaleur, persifla David.

- Putain ! C'est pas possible, t'as que ce mot à la bouche. Plus macho que toi, on meurt… Pourquoi les filles devraient-elles toujours attendre qu'on fasse le premier pas ? Elles ont bien le droit de choisir, non ? Si elles ont l'envie irrépressible d'un mec, pourquoi ne pourraient-elles pas la lui exprimer sans faire de simagrées ou se faire mettre plus bas que terre avec les doux qualificatifs de pouffiasse, chienne, salope, j'en passe et pas des meilleurs ?

- Arrête de rêver, ragea David. Le mâle, c'est le mâle et il restera toujours le mâle.

- Peut-être, mais le mâle peut essayer d'évoluer en acceptant que la femme soit son égale dans la sexualité, et non pas l'esclave devant le maître dominateur.

Jean-Claude ne perdait pas un mot de cette discussion aux opinions si contrastées. Bien qu'il y ait des similitudes entre celle de Jean-Marc et celle d'Alain, cette discussion révéla de nouveaux comportements.

- Tu comprends, reprit Jean-Marie, la technologie évolue sans arrêt. Le monde est en marche. Tout va vers le nouveau, le progrès. Alors, pourquoi en resterions-nous à des principes archaïques quand il s'agit d'opinions sur les mœurs concernant les relations, les rapports homme-femme ? Fanny est à sa manière ce que pourraient être toutes les femmes d'aujourd'hui. Libre et libérée, franche, épanouie, en accord avec son choix dans l'amour et indépendante de l'opinion d'autrui. Préférerais-tu les filles toujours soumises et trop souvent prisonnières des conventions ? Je pense d'ailleurs qu'elles doivent être bien malheureuses car elles ne peuvent pas croire en nous. Nous sommes trop méprisants, trop supérieurs, trop machos. Tè, moi par exemple, j'aime mieux avoir affaire à une fille libérée de ce carcan de préjugés, et qui soit spontanée, vraie.

- Ma parole, j'y crois pas. Tu te fais ton film oh ! Jean-Marie. Toutes les mêmes ! Elles se font sauter à tout va dès qu'on a le dos tourné. Ta Fanny elle en voulait un. T'étais là, donc c'est toi qu'elle a pris. Ce soir, ce sera un autre pigeon et ainsi de suite. Cou rrrou ! Cou rrrou ! roucoula-t-il pour se moquer de son ami.

- Eh non ! David, tu te mets le doigt dans l'œil jusqu'au coude. Une fille libertine n'est pas forcément une conne, loin de là. Quant à ce qui est d'aller de mec en mec, comme une abeille de fleur en fleur, tu te goures. Figure-toi que ce soir on a rencard et il se pourrait que l'on reste ensemble jusqu'à son départ, dans une semaine. Hè, ouais ! Elles ne font pas toutes partie de ta famille de noms d'oiseaux…

- Disons que tu as de la chance. Elles sont loin d'être toutes intéressantes, comme tu le laisses entendre.

- À des degrés différents, pourquoi pas ? Tu leur portes un regard à sens unique obstinément macho et méprisant. Comment veux-tu en ayant un tel jugement que les filles soient naturelles et détendues avec toi ? À la limite, tè ! tu perds des trésors de bienfaits qu'elles ne te donnent pas parce que tu les hais. Seul leur entrecuisse compte pour toi... Tu n'as jamais éprouvé le besoin de parler avec elles, d'avoir une complicité morale, des échanges, disons, vibratoires ?

- Basta ! Les filles c'est juste bon pour tirer un coup.

- Hé bé ! J'espère qu'un jour tu changeras d'avis. Je te plains d'être si peu attentionné. Ça ne m'étonne pas que tu sois si mal aimé. Tu ne reçois qu'en fonction de ce que tu donnes.

David leva et écarta son bras gauche tandis que du droit, il mimait l'allée et venue de l'archet.

- C'est fini ton morceau de violon, oh ? Quand t'auras été comme moi plusieurs fois échaudé, putain ! Tes belles paroles, elles ne voudront plus rien dire. Moi, les femmes, crac-crac, et je les jette. Alors, arrête tes leçons de morale ! Tu me les gonfles ! On change de sujet. Tè !... bois un coup, fit-il en tendant le verre de son ami.

- T'as raison. On n'est pas sur la même longueur d'ondes.

Ils entrechoquèrent leurs verres et parlèrent de faire équipe au prochain concours de boules à la longue, terme régional pour dénommer le Jeu Provençal.

La misogynie de David dissuada Jean-Claude de le choisir comme nouveau terrain d'expériences. Il préféra squatter Jean-Marie. L'idée de connaître Fanny lui parut séduisante ; il partit donc avec son nouveau "cobaye." Jean-Marie et David se séparèrent en se donnant rendez-vous pour le lendemain.

En toute fin d'après-midi, Jean-Marie se changea, prit sa 205 Junior, en compagnie de l'indiscret et invisible Jean-Claude, pour se rendre à l'entrée du camping où Fanny passait ses vacances. Il se gara et regarda l'heure affichée sur le tableau de bord : dix-huit heures quarante-cinq. Un peu en avance, il attendit en rêvassant affalé sur son siège, vitres ouvertes. Soudain, un grand bruit le fit sursauter. Il regarda aussitôt ce qui avait provoqué ce vacarme et vit la jeune femme hilare contourner l'auto pour le rejoindre.

- Alors, mon minou s'endort.

- C'est toi qui fais ce raffut ?

- Ouais ! Ça réveille bien, hein ? Un grand coup du plat de la main sur la carrosserie. Que veux-tu, tu avais l'air de dormir.

Quand Jean-Marie descendit de voiture, elle se jeta à son cou et l'embrassa fougueusement. Ils arpentèrent le centre-ville puis flânèrent sur le port. Lorsqu'ils passèrent devant un des nombreux bars et restaurants qui bordent le front de mer, ils entendirent un couple de musiciens chanteurs qui se produisait à l'intérieur. Jean-Marie proposa alors de prendre l'apéro en terrasse. Ils savourèrent ce moment fugace de bonheur. Converser autour d'un verre avec l'être désiré, sur un fond musical de bossa et caressés par la légère fraîcheur de l'air marin. Jean-Claude observait tour à tour leur expression ravie et s'en voulait de s'être fourré dans cette infernale galère qui l'empêchait de goûter à ces délicieux moments de vie. Il se jura, s'il venait à redevenir celui qu'il était avant ce foutu sortilège, de cueillir tous ces petits instants de bonheur, de les goûter comme des fruits savoureux qui désaltèrent le corps et flattent les sens. Il prenait conscience que la vie était trop courte et trop aléatoire pour continuer à considérer le bonheur comme la quête d'un tout à atteindre. Il l'envisagerait dorénavant comme un patchwork de circonstances à croquer dans le présent, sans demain, sans promesse ou sans calcul. Pour cela, il lui faudra ne plus être attentiste mais provoquer ces instants savoureux. Trois quarts d'heure plus tard, le couple se leva pour se rendre dans une crêperie. À la fin du repas, il l'invita à boire le digestif à la maison. Elle accepta, ravie. Jean-Marie la pria de s'installer et de mettre un disque pendant qu'il s'affairait dans la cuisine.

- Tu permets chéri que je me mette à l'aise ? Il fait chaud ici, dit-elle.

- Bien sûr, ne te gêne pas, fais comme chez toi.

Il avait disposé des verres, des glaçons, des biscuits sur un plateau qu'il faillit lâcher quand il revint au salon. Fanny avait envoyé par-dessus les moulins sa jupe et son corsage. Vêtue seulement d'un string en satin noir, elle s'était allongée à plat ventre sur le canapé, et adoptait une pose lascive mettant en valeur sa poitrine.

- Fais pas cette tête, ma puce. Tu m'as dit de faire comme chez moi, j'ai suivi ton conseil, dit-elle malicieusement.

Troublé, Jean-Marie posa le plateau devant elle, sur la table basse. Il ne savait quelle contenance prendre. Puis, il se ressaisit, se racla la gorge et demanda :

- Que désires-tu boire? J'ai à t'offrir soit du whisky, de l'alcool de menthe, de la vodka ou de la Marie-Brizzard.

- Brizzard?... Vous avez dit Brizzard?... Comme c'est Brizzard. Ça me convient tout à fait, répondit-elle en éclatant de rire.

Il servit sa déroutante invitée avant de se remplir un verre de whisky. Ils trinquèrent À leur rencontre. À la moitié de son verre, la jeune femme demanda, l'air faussement sérieux :

- Tu n'étouffes pas ainsi habillé?... Avec cette chaleur torride, mon nounours, tu n'étouffes pas?

- Oh que si! Pétard! Il a fait chaud, aujourd'hui. Qué cagnard qu'il a fait, cet aprem…

Le visage éclairé d'un sourire de connivence, elle le fit s'asseoir près d'elle. Soumis, il s'abandonna aux douces mains agiles de Fanny. Pressentant un proche déshabillage, notre prévoyant Jean-Claude sauta sur le dossier du canapé. Cramponné à un coussin, il se félicita d'avoir vu juste, car dans la seconde, la jeune femme se mit à l'œuvre. Elle prenait son temps, caressant, embrassant chaque parcelle de peau qu'elle dénudait. Quand il fut nu, elle le fit s'allonger sur le dos et se livra à de délicieux outrages. En plein jeu amoureux, sa main droite chercha à tâtons un coussin pour le glisser sous ses genoux. Elle se saisit de celui où se trouvait Jean-Claude.

Absorbé dans ses pensées, il ne put s'échapper à temps. Il cabriola et se retrouva assommé sur le ventre de Jean-Marie, au niveau du nombril. Quelques minutes furent nécessaires à ses sens pour se réveiller. À demi-conscient, il ne comprenait pas encore pourquoi tout tremblait.

Fanny se délectait d'exciter, de caresser son partenaire. Elle remonta vers ses lèvres, l'embrassa langoureusement pendant que sa main assidue prodiguait un câlin raffiné jusqu'à la jouissance.

Jean-Claude, au pied de ce volcan qui crachait par jets une lave onctueuse et tiède, vit soudain arriver une énorme déferlante blanchâtre.

Son instinct de conservation et la puissance de ses sauts le sauvèrent de justesse de ce séisme orgasmique, en le propulsant sur la poitrine velue du garçon, sain et sauf. À peine éclaboussé par cette cascade séminale, il pensait à ce qui venait de se passer.

Il bondit sur la table toute proche.

Il voulut se diriger vers la salle de bain, mais commença à éprouver des difficultés à bouger ses membres. Interloqué : "Mais ça pègue ce truc ! J'ai l'impression de marcher dans la glu. Je n'atteindrai jamais la salle d'eau. Ça sèche trop vite, ça me gêne de plus en plus, je serai figé avant d'y parvenir. Je dois me grouiller de trouver une solution."

Au pied d'un verre, il vit un glaçon qui fondait. Soulagé, il gagna à grand-peine ce lac en extension où pointait un iceberg en forme de cube. Il se lava, transi par l'eau glacée.

Les amoureux, émoustillés par ce divertimento charnel, se dirigèrent vers la chambre. Les poings sur les hanches, Jean-Claude ironisa : "Ce n'était que le hors-d'œuvre, si je comprends bien. Maintenant, c'est au tour du plat de résistance. Ça risque d'être prometteur mais... Soyons prudent cette fois-ci et tenons nos distances".

Pour cela, l'espion miniature se posta sur un rayon de bibliothèque, loin d'eux. Jean-Marie. disciple de Harpagon dans le domaine des préliminaires, fit l'amour à sa belle de façon conventionnelle. La jeune femme n'eut ni le temps ni le loisir de se mettre au diapason du tempo orgasmique et resta sur le mode majeur de la frustration. Elle voulut provoquer quelques caresses compensatrices, mais lui, comblé, fatigué, fit mine de ne rien comprendre aux suggestives incitations de sa compagne. Il proposa de dormir, éteignit la lumière, dérobant ainsi la moue déçue et mécontente de la généreuse Fanny au regard sagace de Jean-Claude.

"J'aurai cru qu'il agirait plus honorablement. Sa partenaire s'est montrée magnanime et prévenante. Lui par contre s'est révélé decevant... à l'instar de tant d'autres. Et pourtant le prélude de séduction avait été prometteur ! C'est au coeur de l'action amoureuse que l'amant n'a plus été à la hauteur de ses chevaleresques principes énoncés haut et fort. Quel écart entre la jolie théorie et le spectacle plus navrant de la réalité ! Il est temps pour moi de me reposer. J'aviserai demain."

Épuisé par les dangereuses contraintes imposées par sa petitesse, il s'endormit si profondément qu'il ne les entendit ni se lever, ni se quitter. C'est Jean-Marie qui le réveilla en rentrant seul, les bras chargés de victuailles. Il posa les clefs de sa voiture sur le meuble où avait dormi Jean-Claude, qui en profita pour sauter sur la main et gagner prestement l'épaule du jeune homme, via la manche du sweat. Ce genre d'exercice, sans être pour autant facile, n'était plus la périlleuse varappe du début. Les multiples répétitions avaient apporté l'assurance et la précision du geste.

David attendait son ami chez le même plagiste. Rapidement, Jean-Claude se rendit compte que les propos de leur conversation reprenaient ceux de la veille, c'est-à-dire qu'ils restaient creux et vains et rejoignaient la maxime : "Fais ce que je dis, pas ce que je fais".

Sans une pensée ni un regard d'adieu pour eux, Jean-Claude retrouva l'abri frais de la pompe à bière. Il chercha du regard un autre véhicule humain susceptible de le conduire vers une autre aventure. À l'autre bout du comptoir, une belle blonde en maillot une pièce échancré sur les côtés vint commander un verre de citron pressé.

- Oh ! Virginie, tu es ma providence. Je suis heureux de te revoir, s'exclama-t-il.

Sans perdre un instant, le micro-espion se précipita vers elle en slalomant entre les verres et les cannettes qui encombraient çà et là toute la longueur du zinc. Il repéra la main gauche de son coursier posée sur le rebord du comptoir. Il y grimpa promptement et s'empressa de rejoindre son observatoire favori au-dessus de la clavicule. La jeune femme dut ressentir une démangeaison au moment de l'atterrissage de Jean-Claude car sa main gauche s'abattit avec rudesse à hauteur de l'épaule. Pris d'effroi, l'homme rapetissé battit en retraite et se blottit dans le doux nid des cheveux au parfum de fruits. Une fois servie, Virginie apporta à son amie le verre en plastique fermé par un couvercle et percé d'une paille multicolore. Isabelle se prélassait toujours sous un parasol et cligna des yeux pour remercier.

- Je suis obligée de te quitter maintenant, Isabelle. Je dois rentrer chez moi pour me préparer. Ce soir, je suis invitée.

- Le même ? demanda sa copine.

- Le même, confirma Virginie avec un sourire complice.

Elle ramassa son sac de plage, noua un paréo autour de sa taille, embrassa son amie sur les joues et partit d'une démarche gracieusement ondulante vers sa voiture. Dès son arrivée, elle posa ses affaires sur son lit et fila dans la salle de bain se doucher. Jean-Claude saisit l'occasion pour sauter sur le couvre-lit et gagner la coiffeuse toute proche où il avait décidé d'attendre la ravissante demoiselle. Gérard appela vers dix-sept heures trente pour convenir du lieu de rendez-vous et lui faire part de son désir de l'inviter à dîner, ce à quoi elle consentit volontiers.

Sainte-Maxime offrait à la foule de flâneurs noctambules des soirées estivales pleines de lumières et d'animation .
Gérard fut très heureux de revoir Virginie. Son charme raffiné, son aisance, sa gentillesse, tout en elle respirait une naturelle sensualité. Il se proposa de l'inviter dans un restaurant doté d'une grande terrasse.

- Je me fie à ton choix, je ne connais pas bien cette ville.

- Tu verras, c'est un resto très agréable. On y est bien reçu et bien servi. De plus, comme il fait bon, nous pourrons manger à l'extérieur.

Ils n'eurent ensuite qu'une chance relative au jeu, mais ils passèrent ensemble d'excellents moments, nouant entre eux des liens d'estime réciproque.

Gérard suggéra de finir la soirée dans une boîte de nuit où travaillait un de ses amis. Décidée, au fond d'elle-même, de pousser cette soirée jusqu'au bout de la nuit, elle trouva l'idée très bonne. Ils s'y rendirent à pied. Ils longèrent la mer, marchant côte à côte d'un même pas tranquille. Sous le ciel nocturne pailleté d'étoiles, bercé par le clapotis des vagues, chacun appréciait en silence la présence de l'autre.

L'ami de Gérard se prénommait également Jean-Claude. Son savoir-faire de disc-jockey en avait fait la coqueluche de ce night-club : avec maestria, il mettait chaque soir une ambiance de folie jusqu'au petit matin Il installa le couple près de sa cabine et leur fit servir du champagne.

- Il est super mon pote, dit Gérard. Tu ne peux pas t'imaginer la pêche qu'il a. Je crois que sans lui les soirées seraient moins colorées.

Virginie affichait un sourire radieux. En revanche, son passager clandestin ronchonnait.

“La boîte de nuit me rappelle quelques mauvais souvenirs. De plus, je ne supporte plus ce vacarme. Quel tapage !...

J'sais pas, quelques décibels de moins n'empêcheraient pas de danser, de faire la fête et surtout de ne pas avoir besoin de s'arracher la gorge pour se faire entendre de son interlocuteur ou interlocutrice. Pff! Je ne capte rien à ce qu'ils se disent avec ce boum-boum. En plus, je ne crois pas avoir fait le bon choix. Ces deux-là ne sont pas prêts de s'embarquer pour Cythère. Ils restent désespérément sages. J'en bave pour rien."

Gérard tira une enveloppe d'une poche et la tendit à Virginie en disant :

- C'est pour toi. Tu m'as inspiré ces quelques mots.

Elle ouvrit l'enveloppe, en sortit une feuille et lut. Jean-Claude, déçu de ne pouvoir lire le texte, observa tour à tour l'homme figé par le trac et la jeune femme dont les yeux scintillaient d'émotion. Quand elle eut fini sa lecture, elle le fixa dans les yeux, arborant un splendide sourire de satisfaction tandis qu'une larme perlait au coin de l'œil. Sans dire mot, elle posa sa main sur celle de Gérard. La brillance et l'intensité de son regard humide ne pouvaient plus faire douter son prétendant. Un hochement de tête à peine perceptible, fut l'accord tacite de Virginie à ce qui s'était construit au fil de leurs rencontres. Leurs doigts s'entrecroisèrent et leurs visages se rapprochèrent pour s'unir dans un tendre baiser. Après ce premier laissez-passer, Virginie se confia :

- Je suis très émue par ce que tu as écrit. C'est une façon merveilleuse de faire le premier pas. Je souhaitais cet instant mais je n'aurais jamais osé être la première à franchir le Rubicon. Ma timidité me bloque et je ne savais pas si tu partageais mes sentiments. Te déclarer de cette façon romantique me touche vraiment et j'en suis flattée. Merci beaucoup.

- Tu es si douce, si jolie, si charmante. Comment aurais-je pu rester indifférent? Moi aussi j'avais, devant ton attitude sage et réservée, une certaine appréhension… La peur de gâcher quelque chose de beau ou de grand, en me déclarant de façon un peu trop cavalière, au risque de passer pour un dragueur invétéré. Voilà pourquoi je t'ai écrit ce petit poème. Ne trouves-tu pas que ce prélude, cette complicité inavouée, ce désir pudique qui nous emplit est exaltant, superbe ? Nous ne savons pas ce que nous trouverons en l'autre mais nous espérons, tout à la fois anxieux et fervents, un peu comme un enfant à l'approche de Noël. J'étais bien prêt de craquer quand nous nous sommes quittés l'autre soir sur une bise. Mais j'ai pensé qu'il valait mieux ne rien précipiter, ne rien gâcher, ne serait-ce que pour ces moments privilégiés que nous avons vécus grâce à cette réserve.

Ils échangèrent de tendres baisers, osant tout juste se caresser. Le désir et le sentiment amoureux avaient effacé la retenue de convenance dans laquelle Virginie s'était inscrite jusqu'alors, pour mieux révéler, avec éclat, sa beauté naturelle. Elle était rayonnante. Jean-Claude, qui ne pouvait nier son faible pour elle, la regardait admiratif, attendri. Il se retourna vers Gérard et le conseilla, dans le vide :

“Cette femme a un sincère penchant pour toi. Tâche d'être toujours ce que tu lui as montré de toi jusqu'alors. Ne passe pas à côté de la plaque en te jouant d'elle. Cueille cette fleur et protège-la ! Promis ?...”

Tous deux allèrent se défouler sur la piste de danse. Encore une fois, l'espion miniature pesta contre ce rodéo rythmé qui lui était imposé. Il lui fallait bien s'agripper aux fibres du tissu pour ne pas être catapulté on ne sait où. Le couple regagna la table un quart d'heure plus tard. Ils eurent envie de se retrouver seuls, mais n'osaient pas rompre le charme. Gérard entoura les épaules de la jeune femme et dit :

- Je pourrais te proposer de venir prendre un verre chez moi mais ça ne serait pas très franc, puisque nous avons envie l'un comme l'autre de nous retrouver dans l'intimité. Alors, je préfère te demander sans ambages “Veux-tu passer chez moi le reste de la nuit ?”

Elle prit une main de son galant, l'emmena vers elle pour l'appuyer avec douceur contre sa joue. Elle déposa un baiser dans la paume et, à mi-voix, répondit :

- Je reste avec toi.

Ils se donnèrent l'un à l'autre. Gérard avait eu vis-à-vis de Virginie une attitude délicate et attentionnée. Ils avaient fait l'amour, mais à un autre degré. Quel que soit le futur de leurs vies, cette nuit restera très belle au fond de leur cœur. C'était un enseignement précieux pour le chargé de mission de l'esprit princier, même si leur comportement ne différait pas tellement des autres dans leurs ébats amoureux. Leur cœur atteint par la flèche de Cupidon, ils s'endormirent profondément. Le micro-espion en fit autant, dans un coin protégé. Le lendemain matin, Virginie le sortit d'un rêve dans lequel il tournait à contresens une double hélice. La jeune femme revenait de la cuisine où elle était allée boire un grand verre d'eau. Ses cheveux d'or épandus pour seule parure, elle était magnifique dans sa nudité vénusiaque. Il resta contemplatif devant cette perle que l'amour faisait resplendir de grâce et de sensualité. La radio qui diffusait une légère ambiance sonore le ramena au quotidien. L'animateur annonçait : "Nous sommes le vingt-quatre août, il est huit heures. Aujourd'hui, c'est la saint Louis. Bonne fête à tous les Louis et Louise. Comme chaque jour, il faut partir au travail. Mais le vingt-quatre août c'est aussi la fin toute proche des vacances pour bon nombre. Alors nous allons commencer le programme par « Partir de Julien Clerc »." Aux premières notes de musique, la victime de l'envoûtement s'écria :

- Mon Dieu ! C'est aujourd'hui que je dois retrouver la princesse. Imprudent, fou que je suis ! J'ai perdu la notion du temps. Je n'ai que quelques heures devant moi. Pourvu que j'arrive à temps. Et les tourtereaux qui se câlinent et qui ne vont pas sortir d'ici avant un bon moment... Ils ne m'aideront pas. Tant pis, j'y vais.

Il sortit sans problème de l'appartement et fila en direction du centre-ville. Jamais, il n'avait avancé si vite. Malheureusement, s'il n'y avait pas grand monde dans les rues pour gêner sa progression à cette heure matinale, il n'y avait pas grand monde non plus susceptible de le transporter. Essoufflé par sa course folle, il s'arrêta près d'un parcmètre pour réfléchir :

"Bon, pas d'affolement. Je dois me calmer et examiner la situation avec lucidité. Que ferais-je en temps normal pour aller à Marigud sans voiture ? À pied, il n'en est pas question. Quant à l'autostop, ça m'étonnerait fort que l'on voit mon pouce. Je ne crois pas avoir d'autre solution que le car. Il me faut donc trouver un arrêt et prier qu'il y ait une ligne qui conduise à Marigud, et surtout que l'heure du départ ne soit pas passée."

Il arriva à l'intersection d'une rue perpendiculaire. Il vit alors, à une quinzaine de mètres, un abribus envahi par un groupe de jeunes gens en tenue de randonneurs. Ils avaient posé leurs sacs à dos par terre et chahutaient bruyamment. Une des filles demanda :

- Crois-tu que nous aurons le temps de faire le circuit : Marigud - Le Fort Freinet - La Chartreuse-de-la-Verne, dans la journée ?

L'interpelé la rassura :

- Bien sûr ! Et si nous n'avons pas le temps de tout faire aujourd'hui, nous irons chez des amis au hameau de La Mourre, près du Plan-de-la-Tour, ils nous hébergeront pour la nuit.

Jean-Claude en aurait pleuré de joie. Il escalada un des jeunes et s'y cramponna. Il en avait mal au ventre d'émotion et le rodéo qu'il subissait sur l'épaule du garçon en perpétuelle gesticulation n'arrangeait rien. Toute cette joyeuse jeunesse chantait et riait. Le temps passait à son rythme immuable, mais pas assez vite à son goût. En vain, il pressait le chauffeur d'accélérer l'allure.

- Allez ! Grouille-toi. Traîne pas… Fonce !... Dépêche-toi… Accélère ! Tu dors ou quoi ?... Allez ! Plus vite, plus vite… Bon sang, quel escargot… Tu joues au touriste ou quoi ?… Quand tu veux, t'écrases le champignon…

Imperturbable aux injonctions de Jean-Claude, le conducteur roulait à une vitesse tout à fait normale. Enfin, après une succession d'arrêts, Jean-Claude aperçut, comme un mois auparavant, la silhouette à demi écroulée de la tour du château de Marigud. Elle semblait se dorer au soleil, vieille dame imposante et complice de tant de secrets. La porte à soufflets s'ouvrit, lâchant sa bruyante cargaison de jeunes marcheurs sur le parking du site historique.

Jean-Claude reconnut sa voiture qui l'attendait, couverte de sable et de crottes d'oiseaux. Les jeunes gens avaient regroupé leurs sacs, sortaient leurs cartes, palabraient. Il regarda tout autour. Quelques touristes se promenaient. Il s'intéressa à un groupe d'Asiatiques qui écoutait avec attention les explications d'un guide. Quelle aubaine, Ils allaient certainement faire une visite organisée, chronométrée avec arrêt obligatoire à la plaque descriptive du château. Remerciant sa bonne étoile, il grimpa allégrement sur un visiteur, et s'offrit la facétie de se poster à l'avant de l'objectif de l'inévitable appareil photo du touriste. Si jamais cela se pouvait, il serait peut-être visible en premier plan sur un cliché et imaginait avec joie la tête que feraient ceux qui regarderaient l'image sans jamais comprendre cette énigme.

Comique, il passa sa main dans ses cheveux, lissa une barbe d'un mois, se retourna vers la monstrueuse lentille de l'objectif. Il sourit en faisant un signe de la main, et - clic ! - la photo fut prise.

La postérité de l'homme puce serait-elle assurée ? Il quitta vite l'appareil photo pour ne pas risquer d'être enfermé dans un étui et regagna comme à son habitude l'épaule de son véhicule nippon. Comme il l'avait envisagé, les touristes, rangés et disciplinés, firent le tour des ruines. Jean-Claude était tellement excité qu'il faillit se rompre le cou quand il sauta à terre. La peur d'être emmené dans une autre direction par le groupe de touristes lui fit prendre des risques, bien au-delà de la prudence élémentaire. Il se repéra plus facilement qu'il ne l'aurait cru et descendit le sentier pour arriver enfin à l'entrée de la grotte. La traversée de cette jungle insolite fut toutefois lente et laborieuse. Cette course pour son redevenir l'avait mis en nage. Il n'avait pas eu le temps de se restaurer, et était épuisé. Cette fatigue fut toutefois reléguée à l'arrière-plan de ses préoccupations, tant le rendez-vous avec la princesse demeurait la priorité des priorités. La galerie, la dernière ligne droite avant… Justement avant quoi ? Il n'en savait rien et cela dopait son angoisse. Plus il se rapprochait de la cache secrète et plus sa gorge s'asséchait et se nouait. Il repéra l'emplacement de la porte murale.

CHAPITRE VI

Sans même une demi-seconde d'hésitation, il se rua à l'intérieur et s'arrêta, médusé, au milieu de la pièce. Tous les flambeaux étaient ornés de chandelles allumées. Il eut un moment de panique.

Il appela :

- Princesse ! Princesse ! Madame de Paliris !

Rien ne se passa. Le silence persista, lourd d'inquiétude. Sa petite voix ne résonna même pas dans l'antre. Il fit le tour de la salle complètement démoralisé, puis s'assit par terre. Si jamais elle l'avait abandonné, quelle raison aurait-il encore de vivre ? Quelle raison de continuer à subsister, lui l'Homme, cet animal soi-disant supérieur mais si démuni, si fragile dans cette nature microscopique ? Il resta prostré près d'une demi-heure, ces pensées noires faisant une ronde incessante dans sa tête. L'euphorie du matin était déjà une vieille histoire.

- C'est bien cher Jean-Claude, vous êtes exact au rendez-vous.

Comme mû par un ressort, Jean-Claude se projeta sur ses pieds et d'un regard circulaire, chercha qui était là. Tout comme la première fois, personne n'était visible. Il reconnut la voix de Cécile de Paliris amplifiée par la réverbération.

- Oh ! Princesse, est-ce bien vous ?

- Qui voulez-vous que ce soit? Nous devions bien nous retrouver ici ce jour précis, ce me semble?

- Oui! C'est vrai! Excusez-moi, je suis tellement bouleversé.

- On le serait à moins, mon ami. Encore un peu de patience je vous prie... Vous allez suivre scrupuleusement mes instructions. Devant le mutisme du minuscule Jean-Claude, elle réitéra sa demande d'un ton plus ferme. À présent, vous allez suivre scrupuleusement mes instructions.

- Oui, Oui. Bien sûr, madame. Heu...! Princesse, balbutia-t-il les lèvres tremblantes d'appréhension.

Elle rit et rajouta :

- Toujours aussi intimidé à ce que je vois. Approchez-vous de la table où vous vous étiez installé pour lire mon testament. Au bas d'un des pieds, vous trouverez une petite coupelle remplie d'un liquide bleu. Buvez sans crainte trois gorgées de cette solution, puis immergez-vous totalement. Quand vous jugerez être bien trempé, ressortez et attendez.

La voix se tut. Pétrifié par le lourd silence, Jean-Claude se retrouva face à lui-même. Devait-il ou non obéir? Un saut le propulsa sur le rebord du récipient d'où il observa ce lac étrange. Sa prudence l'obligea à goûter l'eau bleutée. Il trempa pour cela un index et le suça. La saveur n'était point désagréable mais la peur d'être à nouveau ensorcelé par cette mixture le fit hésiter. Il prit plusieurs fois du liquide dans sa paume creusée mais le rejeta, après quelques secondes de réflexion. Toutefois, son seul recours pour sortir de cette fantasmagorique histoire reposait sur ce qu'ordonnait cette voix, venue du néant. Alors, perdu pour perdu, la puce humaine s'en remit au bon vouloir de l'avenir. Dans un élan d'intrépidité, il se jeta à l'eau, au propre comme au figuré. En effet, il but trois gorgées et plongea dans ce lac bleu pour y faire quelques brasses. Il revint sur le bord, sauta sur le sol et attendit. Cécile de Paliris demeurait toujours muette. Pendant de longues et inquiétantes minutes, il ne se passa rien. Soudain, il vit les meubles diminuer progressivement de taille. Il comprit qu'il redevenait comme avant et subit sa croissance avec une attention angoissée. Il lui semblait grandir sans fin, devenir géant. Il posa sa main sur la table près de l'encrier. La comparaison entre les différentes proportions le rassura. Un fond de scepticisme le poussa à se palper. Non, ce n'était pas un rêve, il était revenu dans le monde des humains, dans le monde qu'il avait toujours connu. Enfin, c'était la sortie de cette aventure inouïe comme elle l'avait promis, intact. Il se campa devant le tableau et parla à la princesse :

- Vous m'avez enfin délivré, noble Dame. Pourquoi cette expérience ? Qui êtes-vous ? Où êtes-vous ?

L'esprit de Cécile de Paliris demeurait muet. Jean-Claude répéta :

- Qui êtes-vous ? Où êtes-vous ? Princesse, où êtes-vous ? Rassurez-moi, dites-moi que je ne suis pas fou.

Enfin, la voix s'exprima de nouveau.

- Rassérénez-vous, brillant fureteur, vous n'êtes point à l'orée de la folie. Dirigez-vous vers la porte en bois et ouvrez-la.

Il tourna la poignée. N'opposant cette fois aucune résistance, l'épais panneau s'ouvrit sur une grande chambre faiblement éclairée par deux flambeaux. Comme pour l'autre pièce, les murs étaient formés par la roche naturelle dans laquelle avaient été creusés ces appartements princiers secrets. Elle offrait, face à l'entrée, un immense lit à baldaquin. À côté, une ravissante coiffeuse encombrée de flacons précieux, de brosses, de peignes, de coffrets décorés de ciselures et de dorures semblait attendre la maîtresse des lieux. Le mur de gauche présentait une ouverture voûtée qui menait à un escalier montant. À l'opposé, une alcôve était aménagée en coquet boudoir. Jean-Claude admira tous ces objets avec recueillement, avançant à pas lents. Un chevalet identique à celui de l'autre pièce émergea de la pénombre, à droite du lit.

La curiosité l'emporta sur la crainte qui le taraudait et il se retrouva, comme il l'avait supposé, devant l'image de la princesse. Cette fois elle était représentée nue, à demi allongée sur un rocher plat, près d'un plan d'eau entouré de roseaux. Au loin se devinaient les collines embrasées dans un éclatant coucher de soleil.

Il reporta son attention sur le personnage du tableau. C'était bien la princesse dans toute sa vénuste nudité. Elle était divinement belle, Jean-Claude repensa aux confidences de la lettre, et fut jaloux des imbéciles qui n'avaient pas su adorer cette femme hors du commun. Émerveillé par la découverte de ces lieux, il en avait oublié l'esprit de Cécile de Paliris. Il sursauta lorsque la voix princière lui adressa à nouveau la parole :

- Ne faites point cette tête, allons... Votre trépidante odyssée a dû vous épuiser. Vous devez être las, je suppose. Prenez un siège et asseyez-vous face à moi. Nous avons plein de choses à nous dire.

La voix toujours aussi mélodieuse avait conservé son ton narquois. Jean-Claude réalisait, entre fierté et crainte, le côté fantastique de ce dialogue avec l'irrationnel. Il prit un fauteuil dans l'alcôve pour le placer face au chevalet. Assis du bout des fesses, crispé d'inquiétude, il regarda la toile.

- Détendez-vous, installez-vous confortablement. Si vous avez encore souvenance des termes de ma lettre, vous avez su le pourquoi de ma vie, de mon attitude envers les hommes.

Votre goût de l'Histoire a voulu que vous découvriez mes appartements secrets et que vous me tiriez d'un long sommeil. Il me fallait savoir si vous étiez digne de me connaître, si vous étiez à la hauteur de notre tradition, d'où votre expérience de puce. Je sais que cela fut très difficile, périlleux, qu'il vous a fallu beaucoup de courage et de présence d'esprit pour mener à bien cette mission. En avez-vous compris le but ? En avez-vous tiré une conclusion bénéfique ? Votre destin en dépend, ne l'oubliez pas. Vous êtes toujours en mon pouvoir. Je n'ai qu'un geste à faire pour vous réduire à nouveau et vous abandonner à une médiocre existence.

Épouvanté par cette menace, Jean-Claude repoussa d'un geste vif le fauteuil et se dirigea à pas rapide vers la sortie.

- Jean-Claude !... Rasseyez-vous ! ordonna l'esprit princier.

La voix cinglante le stoppa dans son élan. Piteux, la tête basse, malgré lui, il regagna son siège.

- Vous semblez oublier, cher Jean-Claude, que le sortilège n'est point rompu. J'ai tout pouvoir sur vous. Souvenez-vous des chandelles... La première fois, deux seulement ont suffi pour avoir raison de votre autonomie de mouvement. Voyez !... Cette fois, il y en a partout !... Ce sont les mêmes. Alors, soyez raisonnable et philosophe. Contez-moi donc votre trépidante vie d'homme miniature.

Comprenant que son épreuve n'était par terminée et que sa délivrance dépendait de sa bonne volonté et de sa franchise, Jean-Claude s'adressa au tableau comme à un interlocuteur en chair et en os. Il narra ses faits et gestes avec une assez grande exactitude, tant cette aventure aussi dangereuse qu'extravagante avait imprégné sa mémoire. Il n'omit aucune mésaventure, aucune observation, aucun détail. Parfois, Cécile riait de certains de ses déboires.

- Voilà bien une existence mouvementée qui, j'en conviens fut souvent dangereuse. Vous êtes pragmatique, habile, c'est bien ! J'aimerais savoir, à présent, si votre expérience vous a enrichi au-delà du simple fait d'être un spectateur indiscret ?

- Il va de soi qu'au début je fus cela, témoin de liaisons charnelles. Puis un jour, j'ai pris conscience que l'on a vite fait le tour de l'acte malgré les variations que l'imagination peut créer. C'est à ce moment que j'ai observé autrement les couples que j'avais choisi de suivre. Chacun m'a apporté quelque chose. Non pas dans son comportement sexuel mais, si je puis dire, dans le choix, l'intention, que l'homme peut en conscience avoir dans la relation amoureuse : avant, pendant, après l'osmose. C'est-à-dire posséder une femme ou bien lui offrir ce qu'il a de meilleur, puiser dans l'écoute de ses désirs des trésors inestimables. Seul le dernier couple, plus réservé, ne m'a pas apporté grand-chose en ce sens.

- Ne dites point cela Jean-Claude, l'interrompit-elle. Ne les excluez point de vos réflexions. Ceux-là ont pris la luxure non comme le but mais comme un moyen d'atteindre cet état paradisiaque qui s'appelle bien-être, plaisir, bonheur. Ils ont su s'approcher, s'estimer, se désirer en deçà et au-delà du physique. Quels que soient les lieux, les circonstances de la rencontre, l'âge ou tout autre critère de différence, une passion peut naître pourvu que chacun y mette du sien et cultive dans le respect ce sentiment d'attirance mutuelle.

Je suis curieuse de savoir si toutes les jeunes femmes qui ont jalonné votre marche vers la vérité étaient jolies ?

- Elles étaient différentes, madame, mais identiques dans le sens où toute femme est belle pour qui sait la regarder ! Elle est un tout dont le physique n'est qu'une partie. Son âme, sa force d'aimer la transfigurent.

- Votre réponse m'enchante, cher Jean-Claude. Je sais que dorénavant, vous saurez trouver le secret du plaisir.

Il rougit, baissant les yeux, gauche, intimidé.

- Relevez la tête, gentil messager, dit la princesse.

Il regarda le beau visage immobile, si réaliste, si criant de vie et lui sourit, rassuré.

- N'avez-vous point été intrigué par le fait que la vision de vos semblables dans une intimité impudique ait laissé votre libido insensible ?

- Ma foi !... Oui, maintenant que vous en parlez, je ne me souviens pas d'avoir été, ne serait-ce qu'une fois, troublé physiquement par ces spectacles érot…

Jean-Claude écarquilla les yeux d'effroi et se mit subitement à bredouiller. Puis il bondit sur ses pieds, en portant simultanément sa main droite à son sexe.

- Vous... Vous ne... Vous ne voulez pas...

Le rire sans retenue de la princesse l'interrompit :

- Ah, ah, ah ! Que vous êtes comique ! Laissez-moi rire de cette dernière farce. C'est terminé. Je ne vous taquinerai plus. Tranquillisez-vous... Je vous ai promis que si vous redeveniez homme, ce serait à part entière et je ne faillirai point à ma parole.

Pour que votre attention, votre raisonnement, vos déductions soient justes, il était indispensable que vous soient épargnées les tortures d'un corps inassouvi, face aux contemplations d'exploits sexuels suggestifs et de féminités naturellement excitantes. Je vous ai délivré des effets du désir charnel pour que vous puissiez rester objectif. Le visage de Jean-Claude se figea d'inquiétude. Mais temporairement, bien entendu... Je vous en délivrerai bientôt par l'absorption d'un philtre... Jean-Claude, hé ! Vous ne m'écoutez plus... Vous pensez uniquement à votre virilité... N'ayez aucune crainte pour votre apanage masculin, mon doux gentilhomme. Soyez rassuré, et croyez en moi... Tout ira bien, très bien !

- Je m'en remets à vous, noble Dame.

- Avez-vous un vœu à formuler avant de regagner votre vie ?

- Oh oui ! J'aimerais connaître la vie de cette région au temps de votre souveraineté.

- Soit, mon ami. Je vous décrirai cela. Puis, vous vous rendrez sur les marches de l'esplanade. Vous admirerez au clair de lune l'incomparable panorama, et vous vous souviendrez des fières et austères générations qui formèrent à leur image ce paradis dorénavant perdu. Ce paradis que vous avez bradé par avidité, par cupidité.

- Mais, je n'y suis pour rien, moi ! se défendit-il.

- Je le sais mon brave que vous n'y êtes pour rien. Je parle de toutes les générations qui m'ont succédé, et bien entendu la vôtre. Il est certain que vous n'y êtes pour rien en tant que Jean-Claude Mélutodénot. Cependant, vous faites tout de même partie d'un ensemble, d'un ordre, d'un système qui vise à détruire la nature, y compris la nature humaine par profit, au lieu de la chérir, de la protéger, de l'entretenir afin qu'elle dure et donne un monde meilleur. Vous êtes d'autant plus complice de ce massacre sournois que vous vous en contentez.

- Pourquoi nous jugez-vous si durement, Princesse ?

- Vous accréditez tout ce qui se passe puisque vous ne changez rien, bien au contraire. Quelques années après ma disparition, s'est déroulée une soi-disant révolution. Vous croyez-vous vivre dans un monde meilleur ? Vous croyez-vous plus libres ? En apparence, oui, peut-être. Mais allez au fond des choses et regardez-vous en face. Faites le bilan et osez encore dire que c'est réellement mieux. Vous n'avez que déplacé le rapport de force, vous vous êtes donné des valeurs qui ne sont que des faux-semblants vous permettant de flatter votre bonne conscience, mais qui en même temps aveuglent votre véritable sens critique. Vous vénérez de nouveaux dieux, de nouveaux rois qui symbolisent en réalité les diables qui vivent au plus profond de vous : puissance, orgueil, pouvoir, trahison, domination, cupidité, asservissement. Vous vous croyez libres et en fait vous organisez vous-même les moyens de vous faire accabler, pressurer comme un fruit juteux, et qui plus est, avec votre assentiment. L'adhésion à un groupe de pensée, à une philosophie, à une religion, à un état ou autre n'exclut en rien le droit d'exprimer et de vivre sa particularité. La grandeur de l'être, c'est-à-dire de son âme et de son cœur, est de mettre en commun avec les autres ce qu'il a de mieux et de s'enrichir de la différence de chacun. Il en est de même entre un homme et une femme qui partagent un petit ou long bout du chemin de la vie. Vous avez tout à gagner de l'expérience différente, du vécu différent de votre compagne. De ce qui la distingue de vous. Au lieu de cela, vous avancez comme un animal de foire bien dressé à qui on fait faire ce que l'on désire. Vous vous faites manipuler par des personnes que vous avez vous-même mises aux commandes. Ne serait-ce point du masochisme ?

- Peut-être, mais nous pouvons les renvoyer à la maison, de nos jours.

- Alors qu'attendez-vous ? Seriez-vous ravi de ce qu'ils font à votre terre, à votre vie, à votre avenir ? Lorsque vous étiez miniature, Jean-Claude, vous étiez sans lois si ce n'est celles de la vie, de la nature. Vous avez vécu en dehors de tout et vous avez survécu malgré les dangers. Vous avez cherché les moyens judicieux de vous en sortir. L'être humain est prodigieux lorsqu'il n'est plus engoncé dans son confort, dans la passivité socioculturelle. Vous accusez la fatalité que vous avez vous-même provoquée, de manière implicite. Vous considérez comme normal le fait de vouloir ressembler aux autres, de vivre comme les autres, de posséder les mêmes choses que les autres. Mais existez-vous vraiment en vous identifiant totalement aux autres ? Si vous vous fondez dans le groupe, l'ensemble, vous n'êtes plus. Pourtant c'est une multitude de personnalités singulières qui forment cette population qui va dans un même sens. Ne trouvez-vous point cela étrange ?

- Je... je ne vous comprends pas, madame Cécile de Paliris.

- La confrérie, le corporatisme ou tout autre ordre dans lequel vous vous reconnaissez et que vous avez mis en place vous dépasse. Il vous échappe et échappe à lui-même, victime de l'intérêt. Vous vous faites écraser par un système directif sournois qui fait de vous un vulgaire pion de jeu. Vous ne pensez plus, on pense pour vous. Vous ne vivez plus comme vous le souhaitez, vous vivez comme on désire que vous viviez. On vous fait miroiter le rêve, l'opulence pour mieux vous exploiter, pour mieux vous rendre dépendant, pour mieux vous maîtriser.

- Qui ça, on?

- Ceux que vous avez mis à la direction de votre vie et qui sont eux-mêmes aux ordres de l'unique divinité, l'argent. On vous a ôté votre quintessence, celle d'être vous, de choisir en votre âme et conscience votre destinée. Ce qui est primordial pour être heureux parce que, selon moi, nous n'avons que la destinée que nous nous créons et non point celle qu'un quelconque scribouillard éthérique nous aurait écrite et attribuée.

- Je trouve votre propos bien excessif, noble Dame.

- Excessif ? Regardez-vous, cher Jean-Claude. Comment vous comportiez-vous dans la société ou avec votre compagne, fut-elle d'un jour? Vous n'étiez qu'une pâle réplique à votre niveau de ce qui se passe au niveau du groupe social, de l'état, du monde. Lorsque vous étiez un être minuscule et hors de toute convention, hors de toute loi ou religion, vous avez découvert ce que vous ne voyiez plus, l'autre dans sa vérité, dans sa différence. Vous ne le voyiez plus parce que l'on vous avait moulé dans un personnage auquel vous deviez impérativement ressembler, dans un rôle que vous deviez jouer à la perfection. Vous n'étiez plus vous, mais ce que l'on voulait que vous soyez. Vous-même vous n'aimiez point une femme pour elle mais pour ce qu'elle représentait pour vous, pour ce que vous croyiez ou espériez qu'elle soit. C'est tout cela qui a fait que le paradis s'est détruit de lui-même, de l'intérieur. Pourtant, le domaine de Paliris existe toujours au fond de vous. Si vous vouliez redevenir vérité, bonté, attention, intelligence du cœur, vous pourriez le faire rejaillir des ténèbres existentielles dans lesquelles votre ego l'a plongé. Rappelez-vous tout ce que vous avez observé dans votre aventure. Vous auriez pu voir et rester fermé, obstinément le même, immuablement accroché à vos certitudes, à vos croyances, bien plus souvent inculquées d'ailleurs, qu'acceptées. Au contraire de cela, vous avez vu vos travers et en avez tiré des enseignements pour devenir mieux. En fait, pour redevenir vous.

- Effectivement, je me suis découvert autre que ce que je me croyais être. Mais à quoi bon. La vie est si dure et si injuste qu'il faut pourtant se protéger par des attitudes, des réactions fermes et combatives.

- Jean-Claude, mon brave Jean-Claude, je constate que vous n'avez que partiellement assimilé ce que vous avez vécu. Toutefois, je ne désespère point que le temps ait fin de vos principes inhibiteurs et destructeurs. Il ne faut plus attendre de l'autre, du ciel, votre bonheur. Il est en vous, c'est à vous de le construire, c'est à vous de le faire rayonner vers votre entourage ! Le domaine de Paliris fut à l'image de votre vie. Il était beau, prospère et paradisiaque mais est devenu tristesse, désuétude, cendres après le passage du diable de Hamoc. Méditez sur cela.

Jean-Claude, subjugué, demeurait muet. Il percevait le sens du propos de Cécile de Paliris sans pour autant en comprendre pour l'instant l'exacte profondeur. Il regardait la princesse figée sur le tableau, avec des yeux brillants d'admiration. Il ne savait plus très bien s'il était dans l'au-delà, s'il vivait un cauchemar ou s'il avait sombré dans la folie. La princesse ajouta :

- Je vous rejoindrai là-haut…

- Me rejoindre ? Pour de vrai ? s'étonna Jean-Claude.

- Chut, souffla Cécile de Paliris. Faites ce que je vous dis, mon cher Jean-Claude. Faites ce que je vous recommande, et tout ira pour le mieux.

Elle se mit à résumer le Marigud du temps de sa gloire. Le fervent historien amateur était aux anges d'apprendre de la bouche d'un survivant, fut-il un esprit séculaire, autant d'informations sur une époque si lointaine. Quand elle eut terminé, elle le pria de se lever et d'aller sur la terrasse. Il obéit et avisant l'escalier intérieur, s'y engagea.

- Regardez-moi ce nigaud ! Où allez-vous ?

- Je passe par là, c'est plus court.

- Croyez-vous que si cette issue était encore praticable, deux siècles se seraient écoulés sans que nul ne trouve cet endroit ?

- Exact ! Où avais-je la tête ?

- J'ai mis le feu au château, puis j'ai fait exploser deux gros barils de poudre à l'entrée supérieure pour condamner cet accès, alors que les troupes de mon voisin Hamoc piétinaient le parc. Seul l'éboulis d'un mur épais subsiste encore au milieu d'un reste de couloir.

- Je l'avais remarqué. Il m'avait intrigué, en effet. Je pensais que c'était une cheminée effondrée. Permettez-moi Princesse, de vous présenter tous mes respects et de prendre congé en retournant par où je suis venu. Au revoir.

- Jean-Claude ! Attendez ! Encore un détail. Vous devez encore m'obéir quelques instants pour recouvrer votre puissance encore inhibée ainsi que votre intégrité de mouvement. Il vous faut boire une dernière potion.

Il la regarda, hésitant, pas du tout décidé.

- Qu'allez-vous encore me faire ingurgiter ? J'y tiens pas trop, vous savez.

- Allons mon ami, exécutez-vous. Ne me feriez-vous plus confiance ? De toute façon il ne peut en être autrement. Faites-le de votre plein gré, pour me montrer que vous n'avez plus peur de moi. Sachez, valeureux gentilhomme, que je suis fière de vous. Vous avez vu comment franchir les étapes qui mènent au plaisir dans sa grandeur. Vous vous êtes dépassé pour braver le danger et revenir jusqu'à moi. Ce serait tout de même idiot et affligeant si vous ne pouviez qu'en parler.

- Bon ! D'accord. Où est-ce ?

- Sur la table du boudoir, il y a une aiguière. Près d'elle, une petite boîte pleine d'une poudre blanche. Versez celle-ci dans un gobelet, noyez-la de la liqueur contenue dans le flacon, et buvez jusqu'à la lie.

Il prépara le mélange, revint vers le tableau, peu enclin à boire. Qu'avait-elle encore imaginé? se demandait-il. Il la contempla, si belle, si majestueuse, si femme puis, désabusé, but d'un trait. Le goût âpre et acidulé fit se déformer son visage en une expression de désagrément évidente. L'esprit de la princesse lui dit au revoir puis se tut. Jean-Claude l'appela plusieurs fois mais n'eut que la réverbération de sa voix pour réponse. Redevenu tel qu'il était avant la visite de cette satanée grotte, il profita de la disparition de la quintessence de Cécile de Paliris pour s'échapper de cet antre diabolique. Fini le temps de réfléchir. Il fallait fuir avant que le souffle de cette princesse démoniaque ne revienne encore l'ensorceler. Il s'élança d'un pas alerte sur le chemin du retour. Décidé à revenir dans ce lieu, il laissa ouverte la porte rocailleuse donnant dans la grotte. À quelques pas de la sortie de la galerie, un fort bruit sec le fit sursauter. Il regarda promptement par-dessus son épaule droite et constata avec étonnement que le battant s'était refermé. L'air hagard, comme télécommandé, il remonta le sentier en corniche. Que de changements. La jungle terrifiante qu'il avait naguère traversée, au prix de grandes frayeurs, n'était à présent qu'un petit sentier boisé et verdoyant, sans aucun danger. Il poursuivait son cheminement dans le dédale existentiel où Cécile de Paliris l'avait plongé et commençait à douter de pouvoir un jour en trouver la sortie.

Parvenu sur la terrasse, il s'assit et regarda avec émotion ce paysage splendide, ruisselant de lumière argentée. Il se sentait gagné par une torpeur insidieuse. Malgré son désir d'accueillir la princesse, sa tête dodelinait. La bléfarolourdeur* qui

* *Bléfarolourdeur : paupières lourdes.*

augmentait seconde après seconde le poussa à se caler contre un mur. Dès que son dos fut en appui, il plongea dans un profond sommeil. Sa tête bascula en avant un court instant, avant que son corps ne glissât le long de la paroi. Jean-Claude gisait à même le sol.

CHAPITRE VII

Le soleil déjà haut chauffait les ruines. Les cigales emplissaient l'air de leur chant, sans pour autant déranger Jean-Claude qui dormait toujours, au pied d'un mur. Deux employés municipaux arrivèrent dans une petite camionnette qu'ils garèrent sous un vénérable pin parasol. Fred, le conducteur, était un homme au teint basané d'une cinquantaine d'années, grand et bedonnant, les cheveux bruns coupés en brosse. Philippe, son collègue, plus jeune mais avec une carrure déjà alourdie, portait une épaisse chevelure blonde et drue. Son regard de myope était corrigé par des lunettes à épais foyers. Ils sortirent leurs balais, une boîte à ordures roulante et entreprirent de vider les corbeilles à papier et de ramasser les détritus jetés çà et là au sol par des visiteurs irrespectueux, certes peu nombreux, mais malheureusement toujours présents. Le plus âgé des agents de service découvrit Jean-Claude. Il posa sur lui un regard compatissant et dit d'un air entendu :

- Tè ! Oh ! Philippe, tu l'as vu celui-là !... Encore un qui cuve sa soirée d'hier. Il a dû en prendre une bonne… Le soleil n'a pas l'air de le gêner.

- Faudrait peut-être le réveiller, conseilla son collègue. Il va se choper une insolation.

Ils s'approchèrent du dormeur dans l'intention de le secouer. Se penchant :

- Eh ! bé… T'as vu la tête qu'il fait le ravi ? Il sourit…
- Possible qu'il rêve d'une agréable compagnie…
- Va, laissons le dormir. Il finira bien par refaire surface. De toute façon, je crois qu'il a plus à craindre de son foie que de l'insolation, le soleil n'est pas encore au zénith. Il se réveillera d'ici là, le loustic. Et puis, c'est pas aujourd'hui qu'il va griller. T'as vu ce qui monte là-bas, fit-il en pointant son menton vers l'est, sur une barre nuageuse sombre arrivant au loin.
- T'as raison, Fred. Après tout, c'est pas notre affaire.
Jean-Claude marmotta dans son sommeil :
- Cécile… Belle Cécile… Où êtes-vous ?...
- Tè !... Tu l'entends le fadoli… dit l'homme aux cheveux en brosse. Il est avec une Cécile !
- Cécile, ma Princesse… Où êtes-vous ?...
- Oh ! Putain ! Un barje… Voilà qu'il parle d'une princesse, à présent… Il est mûr, le pauvre. Allez viens, on continue… Il est bien comme il est, va !
Ils continuèrent le nettoyage du parc. Ils eurent un dernier regard navré pour l'endormi, en quittant le parc et poursuivre ailleurs le nettoiement de la ville. Peu de gens vinrent ce jour visiter les ruines. Aux environs des onze heures, un couple acrimonieux d'une soixantaine d'années passa non loin du dormeur.
- Oh ! Quelle tristesse ! fit la femme. Décidément, les jeunes sont tombés bien bas de nos jours. Ils dorment n'importe où, même dehors… Drôles de vacances !
- Tu sais, aujourd'hui, ils n'ont plus le respect de rien. Il a dû se soûler à mort… Ensuite, il ira faire la manche et ira reboire. Ah ! De notre temps, on avait bien plus le sens des valeurs. On pétait pas plus haut que notre cul ou en tout cas beaucoup moins souvent qu'aujourd'hui. Ils ne travaillent pas ou ils sont tellement fainéants qu'on dirait qu'on les envoie aux galères quand on leur demande de faire quelque chose. Et

en plus, ils veulent vivre comme des riches alors qu'ils n'ont pas le sou. Ils feraient mieux de chercher à en gagner en travaillant plutôt que de le dépenser avant même d'en avoir. Pff! Au moins, ils n'auraient pas besoin de cuver à la belle étoile… Pff!

Ils continuèrent leur chemin, critiquant vertement ces jeunes désœuvrés de l'été. Jean-Claude dormait toujours. La chaleur devenue accablante l'incommoda et finit par le réveiller. Ses paupières s'ouvrirent laborieusement. Les yeux hébétés, il regardait autour de lui mais ne reconnaissait rien. Il se demandait ce qu'il faisait là, dehors, allongé sur des dalles en pierre. Petit à petit, le brouillard soporifique se dissipa dans sa mémoire. La rocambolesque épopée de la nuit finit par s'imposer à sa souvenance. Il se redressa et appela :

- Madame!... Princesse!... Cécile!... Où êtes-vous?

Encore sous l'effet de l'étrange potion qu'il avait ingérée, il erra autour des ruines, titubant un peu, appelant sans cesse la princesse. Un couple d'amoureux le croisa et se moqua. Il s'approcha d'eux, et demanda :

- Vous n'avez pas rencontré Cécile?

- Quelle Cécile?

- Alors! Cécile, l'avez-vous vue?

- Vous voyez bien, y a personne ici, à part vous. Qui cherchez-vous? Est-ce une amie, un membre de votre famille?

- Où est-elle?... Cécile, la princesse!... ragea-t-il en attrapant le jeune homme par les épaules et en le secouant. Dites-moi où elle est?... Dites-le-moi?...

- On se calme, mon vieux!... On se calme… Je ne sais pas de qui vous parlez et puis lâchez-moi ou ça va mal aller. Ma patience a des limites… s'énerva le visiteur en repoussant avec brusquerie Jean-Claude.

- Je parle de la princesse de Paliris! Je l'ai vue! Elle était en bas, dans ses appartements, et elle devait me rejoindre… C'est de votre faute si elle n'est pas là! Vous l'avez fait fuir!

- Eh, minable ! Si tu ne supportes pas l'alcool, c'est ton problème mais tu nous lâches et tu nous fous la paix ! Compris !... Quel taré ! Allez viens chérie, on ne sait pas de quoi il est capable ce disjoncté, conclut-il en l'écartant du passage d'un coup sec tout en entraînant rapidement sa compagne atterrée.

Insensible aux différents noms d'oiseaux dont il venait d'être affublé, Jean-Claude errait dans les ruines en appelant :

- Cécile… Cécile… Cécile… C'est moi, Jean-Claude. Je suis là, comme vous me l'avez demandé. Hou ! Hou ! Où êtes-vous, votre Altesse ?

La terrasse du bar Le Clems, situé dans le centre du village de Marigud, était bondée de monde. Tout près, sur la place en terre, quelques amateurs de boules jouaient en ponctuant leurs scores de savoureux commentaires comme savent le faire les Provençaux.

Le jeune couple entra dans le café et conta au patron sa rencontre, sur le site du château, avec un allumé qui semblait complètement paumé. L'un des cantonniers qui avait voulu réveiller Jean-Claude le matin même, tapait la belote avec des amis. Entendant le récit des jeunes gens, il quitta la table pour les rejoindre et leur demanda :

- L'homme dont vous parlez, ne serait-il pas brun, avec une barbe bien fournie ? Et ne serait-il pas habillé d'un jean et d'un blouson bleu-vert, par hasard ?

- Tout à fait !... Oui, c'est ça ! Vous le connaissez ce louftingue ? C'est un mec dangereux ! Je ne sais pas s'il est sous l'emprise de l'alcool ou s'il s'est shooté mais il ne faut pas le laisser là-haut, on ne sait jamais… Moi, il m'a carrément agressé !

- Je m'en occupe.

Le cantonnier se retourna vers le patron :

- Hé ! Néné… C'est le gars dont je t'ai parlé ce matin. Je pense que je vais prévenir la police. Il était bizarre… Et s'il s'en prend aux gens maintenant… Non ! Il faut le signaler ! Qui sait ce que ça peut faire un illuminé comme ça ? Marque-moi la tournée, je reviens ! Se retournant vers la table des beloteurs qu'il venait d'abandonner : désolé les gars, il y a urgence ! Continuez sans moi.

Il se rendit à la mairie où se trouvait la police municipale et fut réceptionné par le chef.

- Vé ! Fred, qu'est-ce qui t'amène ? T'as l'air tout excité…

- Salut Pierrot. Ça tombe bien, c'est justement toi que je cherchais.

- Y en a encore un mal garé qui t'empêche de passer avec le fourgon ?

- Non, non, c'est plus grave. Ce matin, on a trouvé un gonze endormi dans les ruines du château. Il rêvait tout haut, appelant une femme…

- Eh ! alors ? C'est pas la première fois que l'alcool fait péter les plombs à certains !

- Eh alors… Eh ben ! c'est que tout à l'heure, ce type a attrapé un couple de visiteurs et a bousculé le gars en l'accusant d'avoir fait fuir une princesse… Et tu sais laquelle ? Celle qui est morte y a plus de deux cents ans, la Cécile de Paliris. Ils sont pas tous à Pierrefeu*. Faudrait peut-être que tu t'en occupes. Ça peut mal finir…

- Merci Fred ! On va y aller de suite.

Le policier municipal appela un collègue. Ils prirent la Renault 4L de service et montèrent au château. Ils repérèrent immédiatement Jean-Claude qui divaguait lamentablement en réclamant toujours Cécile.

Les deux policiers municipaux s'approchèrent à pas prudents. Le jeune marchait en couverture derrière son supérieur. Le chef apostropha Jean-Claude :

** Pierrefeu : ville du Var, proche de Hyères où se trouve un centre de soins psychiatriques.*

- Bonjour monsieur !... Police municipale !... On nous a signalé que vous faisiez du tapage et que vous cherchiez quelqu'un. Que vous arrive-t-il ?

- Du tapage ? Moi ? Je cherche la princesse. Elle m'a donné rendez-vous. Elle devrait être là... Elle me l'a dit.

- Une princesse, ici? Et quelle princesse? Vous voyez bien, monsieur, il n'y a que vous et nous ! De quelle personne parlez-vous ?

- Mais !... De Cécile de Paliris ! La princesse de ce château, appuya-t-il en pointant du doigt les ruines.

Le garde lança un regard ennuyé à son collègue, puis ramena sa casquette sur son front et se gratta la nuque, dubitatif.

- Allons, mon brave monsieur, il n'y a plus de princesse et le château a été démoli y a plus de deux cents ans. Vous êtes bien fatigué à ce que je vois. Vous devriez rentrer chez vous afin de vous reposer... Où habitez-vous ?

Fou de rage, Jean-Claude se mit à hurler :

- Comment !... Pas de princesse !... Je vous dis que je dois la rencontrer, ici ! C'est elle qui me l'a dit. Je lui ai parlé, moi, monsieur... Oui ! Je lui ai parlé.

- Oh ! Paovre dé nostres...

- Quoi ! Pauvre... Vous ne me croyez pas ?

Il attrapa le garde par le col de son uniforme et le secoua comme un prunier en vociférant :

- C'est des gens comme vous qui l'avez fait fuir. Vous me paierez ça !

Dès que Jean-Claude s'en prit au chef, l'autre policier municipal vint à son secours pour écarter et tenir à distance le désaxé. Le chef cria :

- Tente de le maîtriser quelques instants. En douceur, hein ! On sait pas de quoi il est capable. J'appelle du renfort et je reviens t'aider.

Il courut à la voiture pour appeler par radio la gendarmerie de Marigud.

- Allô !... Michel ?... Ici Pierrot, le municipal. Je voudrais parler au chef… Oui ! merci, je patiente… Il gardait un œil très vigilant sur son collègue qui tentait de rasséréner l'excité du parc, et trouvait très long le court instant d'attente. Bonjour, c'est Pierrot. Je suis emmerdé. Il y a un olibrius tout excité sur l'esplanade du château. Il a dû se shooter. Il se croit à l'ancien temps et cherche une princesse morte depuis des lustres. Mais plus grave, il interpelle les gens, les menace, voire les brutalise. Il faudrait venir le cueillir. Nous ne pouvons rien faire si ce n'est de tenter de le maîtriser. Je te laisse, il faut que j'aille aider mon collègue. Grouillez-vous ! Comment ?... S'il est bien agité ?... C'est rien de le dire ! Je me demande même s'il ne faudrait pas appeler le SAMU. Bon, j'y vais. Grouillez-vous !

Quelques minutes plus tard, une voiture de gendarmerie et l'ambulance des pompiers débouchaient près des ruines.

Les représentants de l'autorité se dirigèrent vers Jean-Claude qui, insensible au remue-ménage qu'il engendrait, tournait en rond en appelant sa princesse.

- Effectivement !... fit le gendarme aux deux municipaux qui surveillaient l'apparemment dément. Il a l'air d'être dans un état second.

S'approchant prudemment de Jean-Claude, il demanda :

- Eh bien ! monsieur, avez-vous vos papiers ?

- Je ne sais pas.

- Comment vous ne savez pas si vous avez vos papiers ? Ne jouez pas au mariolle avec moi. Dites plutôt que vous n'en avez pas…

- Je… Je cherche Cécile. Vous ne l'auriez pas aperçue ? J'ai rendez-vous avec elle.

- Écoutez ! Je ne sais pas qui est cette dame, mais ce que je sais c'est que vous perturbez l'ordre public et que vous allez nous suivre !

- Non ! Ah ! Ça non… Jamais de la vie ! Je ne partirai pas sans l'avoir vue ! Elle m'a donné rendez-vous.

- Qui est cette Cécile ?

- Eh bien ! la princesse ! Cécile de Paliris !

- C'est ça ! On lui dira… L'adjudant-chef se tourna vers ses gendarmes et ordonna, en se tapant la tempe avec l'index : Allez ! Embarquez-moi ça.

Les pandores s'approchèrent. L'un d'eux voulut lui prendre le bras. Jean-Claude se dégagea alors brutalement et se mit à les invectiver :

- Laissez-moi ! Poulagas de mes deux !... Vous feriez mieux de m'aider à la retrouver. C'est à cause de vous qu'elle ne se montre pas… Ah ! C'est plus facile d'emmerder les honnêtes gens qui recherchent quelqu'un que d'arrêter les bandits. Vous n'êtes que des…

Le reste se perdit dans une courte mais énergique bousculade qui mena sans ménagement le malheureux dans le véhicule des pompiers. Il était dans une telle fureur que quatre hommes ne furent pas de trop pour le maîtriser. Le médecin se vit dans l'obligation de lui injecter un calmant. Il se débattait avec l'énergie du désespoir, laissant les autorités stupéfaites. Enfin, ses forces le lâchèrent. Avec des sanglots dans la voix, il balbutia : “Oh ! Cécile… Ma souveraine… Pourquoi m'avez-vous laissé tomber ? Oh ! Cécile.” Puis il sombra dans l'inconscience. L'ambulance le déposa au service des urgences de l'hôpital le plus proche.

En début de soirée, comme une traînée de poudre, les mésaventures de Jean-Claude avaient déjà fait le tour de Marigud et alimentaient les conversations colorées par l'excessivité provençale. Sur la place, on en faisait des gorges chaudes. Une triplette de boules lisses noires en mains, un quadragénaire déambulait sur le jeu de boules ombragé par des platanes. Grand, moustachu, sa chemisette verte largement ouverte par-dessus un jean délavé, il rejoignit un boulomane replet et posa sa main sur son épaule. Le visage rondouillard de celui-ci respirait la jovialité. Il dit :

- Tè ! Marius ! Je vois que t'as des boules en mains. Je te prends tronchon-tronchon* à la longue, ça te dit ? Je te joue l'apéro.

- Si tu veux… Va pour le pastaga !

Ils jouaient leur deuxième mène, quand un troisième larron les rejoignit tout émoustillé, volubile, parlant à grands gestes :

- Vous êtes au courant de la dernière ?

- Qué dernière ?

- Cet après-midi, y avait un jobastre en liberté dans la cour du château…

- Ah Ouais ? Qué qui faisait là-haut ?

- J'sais pas, mais attends !... La meilleure, oh, c'est que c'est Pierrot qui a trouvé le fada.

- Le garde ?

- T'en connais d'autres, toi, de Pierrot en uniforme ? Figure-toi qu'il a dû appeler les gendarmes à la rescousse. À deux, ils s'en sortaient pas.

- Pourquoi ?... Il était si méchant que ça ?

- Putain ! Autre que méchant ! Ils s'y sont mis à quatre ou cinq pour l'embarquer. Il parait qu'y a eu de la bousculade dans l'air. Et ce grand couillon de Pierrot, il s'est fait ensuquer par le fondu ! Paraît qu'il a la tête comme une coucourde.

- Oh ! Fatche de ! C'est bien le Pierrot, ça. Y a qu'un jobastre dans le coin, et faut qu'il se le ramasse. Ce n'est pas grave au moins ?

- Non, non. Quand je disais la tête comme une coucourde, j'exagérais. Il a pris, comment dire oh, une grosse pichenette. Pas de quoi lui secouer le pois chiche. Dans deux jours, y a plus rien.

---

* *Tronchon-tronchon : terme régional signifiant « tête-à-tête ».*

- Ah ! Ah ! Ah ! Sacré Pierrot va ! ricana le troisième compère.

Tous trois unirent leurs gentillets rires moqueurs. Les deux joueurs de boules reprirent ensuite leur partie en commentant leurs prouesses de répliques folkloriques que l'accent méridional ensoleillait.

Le lendemain matin, vers neuf heures, Jean-Claude se réveilla fatigué par une nuit agitée. Il fut surpris de sentir la toile des draps sous ses doigts et regarda autour de lui sans comprendre.

- Mais !... Qu'est-ce qu'il m'arrive ? Où suis-je ?... Mais... On dirait une chambre d'hôpital. Il aperçut les pansements qui ornementaient son bras droit. Que s'est-il passé ? J'ai eu un accident ou quoi ?

Il voulut se lever, mais sa tête tournait trop pour cela Il tâtonna avec sa main gauche, à la recherche de la sonnette avertissant le personnel soignant de l'appel d'un malade. Il finit par y mettre la main dessus et sonna. Presque immédiatement, une infirmière entra.

- Alors ? Enfin réveillé !

- Que m'est-il arrivé ? Où suis-je ?

- Vous êtes à l'hôpital. Je ne peux rien vous dire de plus, je viens de prendre mon service. Restez tranquille, je vais prévenir le docteur de votre réveil.

Elle sortit, laissant le pauvre garçon très inquiet. Il n'arrivait pas à ordonner ses idées. Quelques instants plus tard, le médecin vint l'ausculter. Jean-Claude voulut en savoir plus sur le pourquoi de son séjour en milieu hospitalier mais l'autorité médicale affublée de son habit blanc resta très évasive dans ses explications. Il le rassura quant aux blessures superficielles qu'il présentait, et le prévint du passage des gendarmes de Marigud dans l'après-midi.

- Les gendarmes !... Mais... Mais pourquoi donc ? Je n'ai rien fait de mal au moins ?

- Je n'en sais rien, monsieur. Notre rôle consiste à soigner les gens, pas à fouiller leur vie privée. Je sais seulement que vous avez été ramassé en état second et que vous avez subitement sombré dans un sommeil artificiel duquel vous venez tout juste de sortir. Reposez-vous. Ça ne sert à rien de vous tourmenter. Vous n'avez apparemment rien de grave.

- Mais, docteur, que s'est-il passé ? Qu'ai-je fait ? Je ne me rappelle de rien…

- Rassurez-vous. La mémoire devrait, je pense, revenir avec la détente. Tranquillisez-vous, on va s'occuper de vous.

Le temps s'écoula, interminable. Au fil des instants, Jean-Claude recouvrait sa mémoire. Les événements reprenaient une chronologie. Petit à petit, tous les éléments se remettaient en place et il lui paraissait aberrant d'avoir pu vivre de telles choses. Qui le croirait ? Il finissait par douter de sa raison. Les gendarmes vinrent dans l'après-midi et passèrent au bureau du médecin responsable du service. Le deuxième chevron chargé de l'affaire demanda :

- Bonjour docteur.

- Bonjour.

- L'illuminé que l'on vous a apporté hier, s'est-il réveillé ?

- Oui, ça y est.

- Pourrais-je lui poser quelques questions, docteur ?

- On n'a rien décelé de grave. Cependant, il émerge depuis peu de son étrange sommeil et il serait prématuré, à mon avis, de le soumettre à un interrogatoire. Il semblerait qu'il n'ait pas encore recouvré tous ses esprits. Je préférerais que vous fassiez cela lorsqu'il sortira.

- Soit ! C'est vous qui jugez. Si je puis m'exprimer ainsi, docteur. Nous avez-vous préparé un dossier sur ce jeune homme et sur les causes éventuelles de son état de démence ?

Le médecin leur remit son rapport avec un air désolé, en précisant :

- C'est un individu en parfaite condition physique. Ce n'était en aucun cas un état hallucinatoire consécutif à un joint ou autre substance. Il ne fume pas et on n'a trouvé aucune trace de piqûre, hormis celle faite par mon confrère. Aussi incroyable que ça paraisse tous les examens et analyses ne révèlent aucune trace de drogue, alcool ou autre.

- Comment expliquez-vous donc cette agitation hallucinée puis ce long sommeil comateux ?

- Il va de soi que ce n'est pas le barbiturique administré par mon confrère qui en est la cause. Je ne suis pas en mesure de pouvoir vous répondre aujourd'hui, Je suis comme vous, je n'y comprends rien. On pourrait dire, pour imager, qu'il y a eu un court-circuit dans son fonctionnement cérébral. Le problème étant que nous n'avons pas pu identifier la cause de ce disjonctage. Il a l'air tout à fait normal, si ce n'est quelques propos nébuleux au sujet d'une femme. Peut-être est-ce la réminiscence d'un choc psychique important. Une prise en charge psychologique par un psychiatre serait à mon avis appropriée dans son cas. Comme toutes les analyses biologiques, cliniques et paracliniques pratiquées n'ont rien révélé de suspect, je n'ai aucune raison de le garder. Il pourra donc sortir demain matin. Il a décliné son identité, mais n'a aucun papier sur lui. Il faudrait peut-être prévenir sa famille. Et dans la mesure où il n'aurait pas de problème avec ses parents, il serait peut-être utile de leur conseiller de faire suivre leur fils par un psy. Je l'ai visité en fin de matinée et c'est plutôt délirant ce qu'il raconte, souligna le grand ponte de l'hôpital avec un sourire goguenard.

Les gendarmes prirent note des divers éléments concernant Jean-Claude et laissèrent une convocation l'invitant à se présenter à la gendarmerie de Marigud.

Le lendemain, il était dix heures quand Jean-Claude sortit de l'hôpital. Il se retrouvait sans papiers, sans un centime en poche, complètement démoralisé. Il fit de l'autostop pour aller jusqu'à Marigud, répondre à la convocation dont il faisait l'objet, et surtout essayer de savoir ce qui c'était passé. Il marcha plus de deux kilomètres avant qu'un marigudois ne le prenne en charge. Le conducteur essaya au cours du trajet de briser le silence en posant quelques questions sur les lieux communs habituels auxquelles Jean-Claude répondit de façon très évasive. Voulant couper court à toute curiosité et ne pas révéler qu'il était convoqué chez les cognes, il demanda à son aimable chauffeur de le déposer près de l'église. Il se rendit à la gendarmerie par les rues et les ruelles de ce charmant village. Une fois dans le bureau de l'adjudant-chef commandant la brigade, il raconta pêle-mêle son histoire en se troublant de plus en plus devant l'expression sévère et incrédule de son interrogateur.

- Vous n'espérez tout de même pas nous faire avaler ces salades ?

- Mais !... Mais monsieur, supplia-t-il. Je vous jure que je n'invente rien !... Il y a réellement une cache sous le château. Les tableaux, tout y est ! Et puis, il y a ma voiture sur le parking !... Depuis un mois, vous avez dû la remarquer ?

- Pourquoi voudriez-vous qu'on la remarque plus que les autres ? Elle n'a pas fait l'objet d'une déclaration de vol, que je sache ? Franchement, vous vous foutez de nous, mon petit monsieur ! Il va falloir à présent être sérieux. Nous n'avons pas que ça à faire, écouter vos divagations. Nous avons vérifié votre identité et fait prévenir votre mère.

- Oh ! Non, elle va s'inquiéter pour rien. Je suis en bonne santé. Ce n'est pas parce que j'ai découvert une cache secrète sous les ruines d'un château que je suis malade, tout de même. Soudain, Jean-Claude se souvint de Vincent. Si vous ne me croyez pas, allez demander à monsieur Efaru, le berger. C'est le curé qui m'a envoyé chez lui, il vous dira que je ne suis pas fou, qu'il y a bien une princesse de Paliris et une grotte...

L'officier supérieur resta de marbre et, sans le moindre reflet de compassion dans les yeux, répondit :

- C'est bien ennuyeux tout ça. Vincent Efaru est décédé de mort naturelle, le premier août. Le corps a été trouvé le lendemain par l'aide ménagère qui nous a de suite prévenus. On s'en souvient particulièrement car il a fallu qu'on aille le chercher. Et ce ne fut pas une mince affaire !

- Oh ! Non. Sa voix déclina. Ce n'est pas possible !

Le commandant de brigade confirma d'un hochement de tête et ajouta :

- Il faudra trouver quelqu'un d'autre ou autre chose qui puisse accréditer vos dires.

Jean-Claude resta songeur. L'annonce de la mort de Vincent l'avait beaucoup touché. Il pensa :

"Mort quelques jours après mon passage. À croire qu'il m'a attendu pour me confier son secret et quitter ce monde. Il n'y a plus que moi qui connaisse l'histoire de Cécile de Paliris. Dors tranquille Vincent, je serai digne de ta confiance."

Il voyait comme au second plan le représentant de la loi dont le courroux était de plus en plus évident.

- Si vous continuez à vous payer ma tête, je vous boucle ! On n'a pas de temps à perdre avec des farfelus de votre espèce ! Vous avez de la chance que votre mère réponde de vous. D'ailleurs, elle vient vous chercher.

- Oh ! Mon dieu !... La pauvre, que doit-elle penser? Pourtant je vous jure que je n'invente rien ! Il y a bien un souterrain.

- Sachez monsieur que votre souterrain n'est qu'une grotte : on a laissé la végétation obstruer l'entrée pour limiter l'accès et les accidents. Désolé de vous décevoir mais il y a belle lurette qu'elle est connue. Faudra chercher autre chose et surtout vous faire soigner, monsieur.

Comme piqué dans le dos, il se projeta sur ses pieds, en s'exclamant :

- Mais ! J'y pense… Vous n'avez qu'à venir avec moi ! Je vous la montrerai cette satanée cache.

- Calmez-vous et asseyez-vous.

Jean-Claude obtempéra et, braquant les yeux sur son interlocuteur, réitéra sa demande. L'insistance du jeune homme fut telle que l'adjudant-chef consentit par acquis de conscience à le faire escorter jusqu'à la grotte par un de ses gendarmes et deux stagiaires afin de le mettre face à son évidente menterie. Il eut de la pitié pour cet illuminé qui le remerciait chaleureusement, en sortant du bureau.

- Dommage, dit-il en haussant les épaules au sous-fifre qui faisait office de secrétaire pendant l'interrogatoire. Il a pourtant l'air bien ce petit. Mais, ou il se la joue ou il est mûr. Quand, sur place, on le fera constater qu'il n'existe aucune cache secrète, il faudra bien qu'il reconnaisse que tout ce qu'il a raconté n'est que galéjade, cela devrait, je l'espère, le ramener à la raison. Sinon, c'est d'un psychiatre dont il aura grand besoin.

À peine descendirent-ils de voiture que Jean-Claude les entraîna d'un pas rapide vers les ruines. En premier lieu, il montra à ses gardes l'éboulis sous lequel existait l'escalier conduisant aux appartements secrets de la princesse. Il expliqua que Cécile de Paliris l'avait fait sauter pour préserver son repère. Les hommes en uniforme le regardaient blasés, avec un air de pitié ironique qui mettait en rogne Jean-Claude.

- Moquez-vous… On verra bien ! Rira bien qui rira le dernier, leur lança-t-il avec hardiesse. Suivez-moi…

Ouvrant la marche, il les fit descendre par le sentier jusqu'à la grotte. Une fois devant, il se tourna vers eux et leur dit d'un air satisfait : « Et là, y a pas un souterrain ? » Les gendarmes restèrent silencieux et allumèrent leurs torches électriques pour examiner le début de la galerie, à travers les branchages. Jean-Claude leur demanda un éclairage puis les invita à le suivre. Ils obtempérèrent, persuadés de perdre leur temps. Le gendarme ordonna à ses stagiaires de libérer l'accès du minimum convenable, à l'aide d'une branche morte. Jean-Claude entra en premier jusqu'au niveau de la porte murale et dirigea le faisceau de la torche électrique vers le fond de la galerie, en expliquant que c'était l'ancienne écurie secrète de la princesse. Il se plaça ensuite face à la paroi rocheuse et, le cœur battant, la tâta de la main droite, pendant que la main gauche éclairait les différentes excavations. Deux ou trois minutes lui furent nécessaires pour retrouver comment actionner le système d'ouverture. Le trio en uniforme bleu regardait, amusé, cet hurluberlu pousser comme un malade contre la paroi de granit. Soudain, un sourire triomphant aux lèvres, il se retourna vers ses accompagnateurs et les toisa avec fierté. La paroi venait de pivoter sous les yeux médusés des trois hommes en uniforme. Le gendarme ne put retenir le célébrissime juron de cinq lettres et s'écria : "Oh ! le con ! Il disait vrai". Les représentants de la loi auraient souhaité la présence de leur chef hiérarchique pour pénétrer dans les lieux inconnus mais ils furent contraints de suivre Jean-Claude qui s'était précipité à l'intérieur. Peu rassurés, ils avancèrent à pas hésitants, la main droite sur la crosse de leur revolver. Le jeune homme qui avait repris de l'assurance leur lança avec ironie :

- Tenez !... Regardez là !... C'est mon sac à dos. Il n'est quand même pas venu tout seul, non ?

Il s'en saisit, ouvrit une poche, sortit son portefeuille et leur colla ses papiers sous le nez, en leur balançant d'une voix forte et assurée :

- Et ça ! C'est pas ma carte d'identité, peut-être ? Et ça, ce ne sont pas mes papiers de voiture, mon permis ? Regardez, là ! C'est bien moi, sur la photo, non ? Vous êtes témoins, vous l'avez vu, je les ai pris dans ce sac. Et ce sac, demanda-t-il en le montrant du doigt, il était bien ici, avant qu'on entre? N'est-ce pas? Je ne l'avais pas en entrant, puisque j'étais avec vous. Donc, il était déjà là, n'est-ce pas? Il était déjà là? insista-t-il.

- Heu! Oui. Effectivement, il se trouvait déjà à l'intérieur, répondit le gendarme éberlué.

- Alors? Je suis toujours un malade mental? conclut Jean-Claude victorieux.

- Ne touchez surtout plus à rien! On va prévenir le chef.

- J'y compte bien! Il m'a suffisamment pris pour un con, celui-là.

Le deuxième chevron responsable commanda au plus proche des stagiaires :

- File au fourgon appeler le chef! Dis-lui de rappliquer au plus vite, que c'était vrai ce qu'a raconté le fêl... heu! le gars! Grouille... Nous, on le surveille.

Le jeune stagiaire s'éclipsa en courant. Pendant ce temps, l'autre subalterne avait récupéré la lampe que Jean-Claude avait laissée sur le sol, près du sac. Curieux, les deux gendarmes éclairaient les murs par grosses taches blafardes.

- Bon sang! cria Jean-Claude. Il n'y a plus rien!... Le tableau a disparu... Éclairez le bureau au fond, ordonna-t-il aux gendarmes. Les cônes lumineux projetés par les lampes balayèrent le fond de la salle. Les feuillets n'y sont plus... Ni les pots ni les chandelles. Putain! La porte de la chambre est ouverte.

Il courut vers la chambre secrète, son escorte sur ses talons. Il s'arrêta net et s'écria, stupéfait :

- Oh! Mon dieu. Qu'est-ce... Qu'est-ce que cela veut dire? Il n'y a plus que le lit et le chevalet nu. Ce tableau a aussi disparu.

Sous les yeux totalement ébahis des gendarmes, Jean-Claude devint pâlot. Une bouffée de chaleur envahit son visage.

- Que se passe-t-il, monsieur? Vous vous sentez mal? demanda le gradé.

- Que se passe-t-il ?... Il se passe que quelqu'un est venu ici et a tout volé !

- Monsieur, remettez-vous. Comment voulez-vous qu'on ait volé quoi que ce soit? Vous étiez le seul à connaître ces lieux jusqu'à ce jour. Vous avez bien vu que la porte en pierre était fermée à notre arrivée. Qui donc aurait pu rentrer et voler ce que vous prétendez avoir été volé ? Votre imagination vous joue des tours, monsieur. Ressaisissez-vous.

Jean-Claude sentit sa raison vaciller ; il s'approcha du lit à baldaquin, dernier témoin tangible, puis se laissa tomber à genoux, la tête enfouie dans la courtepointe et éclata en sanglots.

- Cécile ! Pourquoi m'avez-vous fait ça ?

- Aïe ! le voilà qui repique sa crise. Pourvu qu'il ne nous fasse pas un malaise, dit le gendarme aux stagiaires.

Quand le commandant arriva, il donna un bref coup d'œil circulaire et intima l'ordre d'appeler des renforts pour boucler tous les accès au site.

- Il a subi un gros choc. On ne peut pas le laisser seul, affirma le subalterne en montrant le jeune homme assis par terre, prostré, hors du temps.

- Appelez l'ambulance, le docteur et faites-le reconduire à l'hôpital ! aboya son chef tout excité. Ses parents s'en arrangeront. Cette affaire est trop sérieuse. J'en réfère en haut lieu.

Le lendemain, la presse locale consacra la une de ses journaux à cette découverte. Historiens, archéologues, et autres gens compétents investirent les appartements mystérieux de la princesse pour mener des études approfondies. Le gros du flot des curieux fut maintenu à l'entrée du parc, tandis que des gendarmes et des gardes municipaux sillonnaient les abords de la grotte pour débusquer d'éventuels journalistes ou curieux indisciplinés.

La mère de Jean-Claude déboula en fin d'après-midi, dans la gendarmerie de Marigud. Très inquiète par la nouvelle de l'hospitalisation de son fils et le diagnostic d'amnésie dont les gendarmes avaient fait état, elle demanda aussitôt où celui-ci se trouvait et comment il allait. Elle s'effondra en pleurs à l'écoute du récit circonstancié qu'on lui fit au commissariat. Les gendarmes essayèrent de la tranquilliser en relativisant les choses : certes, la découverte de ce lieu inconnu avait occasionné un gros choc émotionnel à son enfant mais les médecins ne diagnostiquaient rien de grave. Le commandant attendit que Laure ait un peu repris ses esprits pour l'informer de l'inévitable épreuve de l'interrogatoire à laquelle elle devait se soumettre avant de pouvoir se rendre au chevet de son fils. La mère de Jean-Claude reconnut qu'il était assez indépendant. Elle ne s'était pas inquiétée outre mesure, car un mois sans donner de ses nouvelles était chose courante. Elle confirma la passion de son fils pour les vieilles pierres et paraissait ravie pour lui qu'il ait pu mettre à jour ce lieu secret. Quant à son extravagante histoire, elle ne comprenait vraiment pas. C'était un enfant posé, intelligent, aucunement mythomane. Jamais, il n'avait raconté de telles élucubrations.

Après les signatures et politesses d'usage, le commandant de la brigade communiqua avec toute sa compassion l'adresse de l'hôpital à la mère de Jean-Claude. L'interne avait dû à nouveau administrer un calmant à Jean-Claude qui se laissait faire, désintéressé de tout. Les yeux dans le vague, il semblait être ailleurs, dans un autre monde. Le patron du service rassura la mère quant à sa santé physique et conseilla, pour le problème psychique, de le mettre entre les mains d'un psychiatre dès leur retour à Lille. Il préconisa par ailleurs la nécessité de faire le moins possible allusion à cette aventure afin de le désensibiliser. La délirante histoire qu'il racontait, ne semblait être que l'effet d'un imaginaire fertile exacerbé par le choc passionnel qu'il avait eu en réalisant ce rêve, fabuleux : sortir un lieu historique de l'inconnu.

Les spécialistes lillois le firent interner pendant neuf mois dans une clinique psychiatrique où peu à peu, à coup de drogues médicales et de différents soutiens psychothérapiques, il finit par accepter que son épopée ne soit que le fait de son imagination. Toujours selon les carabins, la violence émotionnelle de la découverte était à l'origine d'un bogue dans le logiciel psychique de son computer cérébral, ce qui l'aurait poussé à transposer dans le présent des visions fantasmagoriques induites par les histoires de sorcières et de contes de fées de son enfance. La possibilité de recouvrer un équilibre mental resterait toutefois liée à sa capacité à lâcher prise. Les psychiatres s'attachèrent à lui faire prendre conscience que faire ressurgir de l'oubli des lieux historiques était une découverte importante, certes, mais cela ne changeait en rien le cours de la vie. Le passé appartenait au passé et le présent au présent. Il en avait toujours été de la sorte et il en serait toujours ainsi, le persuadèrent-ils d'admettre.

Son entourage l'aida de son mieux en supprimant tout livre, objet ou autre pouvant lui rappeler sa passion de l'Histoire et ce mystère.

Rendu à la vie civile, il parut avoir tout oublié. Il suivit diverses formations pour se réinsérer, fit plusieurs petits boulots et occupa ses loisirs à bricoler.

Déboussolé, il s'était réfugié dans l'univers familial, laissant sa vie de célibataire s'écouler, sans panache, tranquille, un peu marginale.

Au cours de l'été mille neuf cent quatre-vingt-dix, lassé du ciel gris et terne du nord de la France, il décida de retourner, pour la première fois depuis son incroyable histoire, au Lavandou. Il employa son temps à se baigner, à se balader dans la forêt chantante d'oiseaux et de cigales, à farnienter. Il décida un jour de changer de lieux de baignade et opta pour la plage, dans la baie de Pampelonne. En fait, cette immense bande côtière de sable fin était subdivisée en de nombreuses concessions louées à différents plagistes par la commune de Ramatuelle. La plage sur laquelle il jeta son dévolu appartenait à un camping au bord de mer et regorgeait, comme toutes les plages azuréennes, de jolies filles et femmes, qu'un infime bout de tissu rendait correctement dénudées ou hypocritement habillées. L'une d'entre elles retint son attention, au restaurant de la plage. Elle était sculpturale, splendide, éclatante de fraîcheur. Il la trouva si belle qu'il envisagea de l'aborder pour faire plus ample connaissance mais il y renonça car des aspirants gigolos la draguaient lourdement. Rançon de la beauté féminine que d'être sans cesse importunée. Il considéra de surcroît qu'elle était trop sensationnelle et pour ne plus être troublé par cette jolie femme, il régla ce qu'il devait puis s'en retourna au Lavandou.

Quelques jours passèrent. Il menait un train-train monotone. En cette fin de matinée, alors qu'il achevait de ranger dans la malle les courses qu'il venait d'effectuer au supermarché, il se glissa au volant de sa voiture, alluma la radio et réfléchit à l'endroit de son déjeuner : pique-nique dans la nature ou plat chaud à la maison ? Pendant ce temps de réflexion, il suivit distraitement des yeux une jeune femme blonde, élancée cheveux frisés, les bras encombrés de paquets. Sa silhouette qu'il n'apercevait que de dos augurait un corps harmonieux : la cambrure, la taille mince, la courbe joliment galbée des hanches composaient un gracieux ensemble. Il la regarda plus attentivement ranger ses emplettes. Elle portait une robe très courte qui dévoilait de longues jambes bien dessinées. Elle portait un sac en bandoulière resté négligemment ouvert. Sans qu'elle s'en aperçût, un geste malencontreux fit glisser son portefeuille à terre. Elle monta dans sa Peugeot 405, déposa son sac sur le siège avant droit et démarra. Jean-Claude sortit de sa voiture et courut ramasser l'objet. Il piqua un sprint à travers le parking et intercepta la jeune femme juste à la sortie.

Elle stoppa, étonnée par ce jeune homme qui barrait le passage en gesticulant. Il se pencha vers la vitre baissée.

- Que se passe-t-il ? demanda-t-elle intriguée.

- Vous avez perdu quelque chose, madame... euh... ou mademoiselle, bafouilla-t-il en lui tendant son bien.

Elle sourit de cet embarras et répondit :

- Oh ! Quelle gourde !... Surtout que j'ai tous mes papiers dedans. Merci ! C'est très sympa... Merci beaucoup ! Au revoir !

- Au revoir !

Il la regarda s'éloigner avec une curieuse impression. Ce visage ne paraissait pas être totalement inconnu. Soudain, il se rappela :

- Mais oui, j'y suis ! C'était la sirène du “Kon-tiki”. Si belle et si courtisée... J'ai encore un métro de retard, pff ! Que je suis tarte. Si seulement je l'avais reconnue à temps, j'aurais pu engager la conservation. La chance me sourit. Elle m'offre une occasion en or et je passe à côté. Mais que je suis nul ! Faut vraiment que je sois con pour laisser passer une telle chance. Tant pis, c'est ainsi, soupira-t-il en haussant les épaules. Quelle coïncidence tout de même... Ne pas être parti de suite ; être là, juste au bon moment pour la voir perdre son portefeuille. Et moi qui loupe cette aubaine, pff ! soupira-t-il en frappant sèchement le volant du plat de la main. Il resta un long moment songeur. Il se remémorait son corps divinement féminin, son visage aux traits si fins et son sourire éclatant de vie. Puis se dit : “Peut-être habite-t-elle par ici puisqu'elle y fait ses courses ? Enfin, je ne vais plus me prendre la tête. Tant pis, ça ne devait pas se faire.”

Quelques jours plus tard, sur la plage, Jean-Claude assistait son copain Richard, moniteur de ski et de planche à voile. Il était vêtu d'un short en jean et d'un tee-shirt jaune publicitaire où étaient sérigraphiés* dans le dos le nom et la photo de la plage qu'il fréquentait habituellement. Ils vérifiaient ensemble le bon état du matériel malmené par des heures de chocs et de torsions et attaqué par le pouvoir corrosif de l'eau de mer. Soudain, une voix féminine s'exclama dans son dos :

- Bonjour ! Vous souvenez-vous de moi ?

Jean-Claude crut que l'on s'adressait au moniteur et ne se retourna pas. Il continua son travail, accroupi, les yeux vers le sable. La femme vint se camper juste à ses côtés.

- Me bouderiez-vous ?

Son regard se posa sur des jambes superbes, puis remonta presque religieusement le long d'un corps divinement beau. Elle était vêtue d'une courte jupe vert angélique et d'un bustier céladon qui laissait dénudés ses épaules dorées et le galbe de la taille. Ce camaïeu de verts s'harmonisait à merveille avec la couleur de ses yeux. La lumière du jour s'y reflétait, mêlant au vert des prunelles, les reflets pierre d'azur du ciel et de la mer. La vie douce et belle avait trouvé refuge dans ce regard lapis-lazuli. En ce court instant, Jean-Claude y perçut un rayonnement et une profondeur qui le troublèrent. La soyeuse crinière des boucles blondes ondulait doucement au rythme de la brise, caressant légèrement les joues et la nuque. Les lèvres pulpeuses évoquaient le fruit charnu offert à la gourmandise. Le sourire espiègle dévoilait de belles dents parfaites. Jean-Claude resta bouche bée, l'air stupide, lorsqu'il reconnut la jeune femme au portefeuille.

- Je… Je… Je ne boude pas, balbutia-t-il. Non ! pas du tout. Excusez-moi, mais je ne pensais pas que c'était à moi que vous parliez.

- Je suis ravie de vous retrouver. Je m'en voulais d'être partie si rapidement, sans vous remercier de votre geste. Vous

---

* *Sérigraphier : mettre une impression par la technique de la sérigraphie.*

vous rappelez, le portefeuille?... L'autre jour, au supermarché?... J'étais pressée mais cela n'excuse en rien mon manque de politesse. C'est vraiment gentil, ce que vous avez fait. Merci encore!

- De rien... C'est tout à fait normal. Je suppose que vous auriez fait de même si vous m'aviez vu perdre mon portefeuille.

- Oui, je pense. Il n'empêche que si ce n'était pas tombé sur quelqu'un d'honnête comme vous, j'aurais été bien ennuyée. À l'intérieur se trouvaient tous mes papiers, mes cartes de crédit, plus une coquette somme d'argent. Permettez-moi de vous donner ceci, conclut-elle en tendant un billet de cinq cents francs.

Jean-Claude se sentit pâlir de gêne.

- Jamais de la vie! Il n'en est pas question. J'ai fait ce qu'il m'était naturel de faire... Et puis, ma récompense est de vous voir, là devant moi.

Elle sourit à ce compliment, et proposa :

- Puisque vous le prenez ainsi, accepteriez-vous cependant que je vous offre un rafraîchissement? Vous me vexeriez en refusant, ajouta-t-elle d'un ton doucereux.

- Ça, volontiers, j'accepte! s'empressa-t-il de répondre et, se tournant vers son copain Richard, je te laisse finir seul, à demain!

- Y a pas de problème, Jean-Claude! De toute façon j'ai bientôt terminé. Il rajouta à voix basse : je comprends que l'on puisse se désintéresser de ce que l'on fait quand on est invité par un tel morceau. Eh ben! t'es un sacré veinard. Allez, tchao! Merci de ton aide, à demain.

Jean-Claude lui sourit, un peu fier de ce qu'il venait d'entendre de la bouche de son copain. Il se dépêcha de retrouver la ravissante jeune femme qui l'attendait à quelques pas. Ils s'assirent à l'ombre de la terrasse du plagiste, commandèrent des jus de fruits frais et firent plus ample connaissance. Elle s'appelait Danielle Prisali. Elle était commerçante dans le prêt à porter et dans l'import-export. Lassée de la grisaille parisienne, elle avait vendu ses deux boutiques et fui la capitale pour les cieux plus cléments du Var, département où, selon elle, régnait une certaine douceur de vivre malgré le problème du manque d'emplois durant la morne saison. Battante et créative, elle comptait ouvrir une échoppe dans une des villes des environs, mais cela serait pour plus tard. Pour l'instant, elle décompressait et s'octroyait une longue période de temps libre. Ils parlèrent un peu des banalités du quotidien local et se séparèrent une heure plus tard, avec la promesse de se revoir le lendemain pour faire un tour de ski nautique.

Troublé, Jean-Claude la regarda s'éloigner, si belle dans sa tenue de plage, affichant un port de reine. Elle lui jeta un coup d'œil à la dérobée. Croisant le regard de Jean-Claude, elle se détourna aussitôt.

La journée du lendemain fut parsemée d'agréables et joyeux moments entre les leçons de ski nautique, les jeux de plage et les échanges d'opinions sur tout sujet. Ainsi s'écoulèrent plusieurs jours, pendant lesquels se tissèrent entre eux des liens d'estime et d'amitié réciproque, jusqu'à cette fin d'après-midi où il l'invita à dîner.

- Pourquoi pas? répondit-elle enthousiaste. Cela fait quelque temps que je ne suis plus sortie, je n'en avais plus tellement envie, je dois le reconnaître. Oui, c'est une bonne idée. Ca me changera… Quel programme proposes-tu?

- Pourquoi ne pas commencer par dîner dans un petit restaurant sympa? Après, eh bien!… heu!… Les possibilités sont nombreuses, nous improviserons. Ça te dit?

- Tout à fait.

- On se donne rendez-vous au bar de “La Langouste” à vingt et une heures.

- J'y serai.

Jean-Claude se sentit intimidé lorsqu'il revit son amie à l'heure convenue. Jusque-là, elle avait révélé d'elle l'image d'une belle jeune femme saine et sportive, portant des vêtements de bon goût mais simples. Ce soir-là, Jean-Claude découvrait avec émerveillement une femme resplendissante, tel un bijou précieux dans son écrin d'élégance. Une combinaison de satin noir parfaitement ajustée soulignait le corps sculptural. Le corsage était agrémenté de motifs brodés aux fils de soie rouge et or représentant un chaînon de cœurs. Ainsi ciselé, le plastron dégageait superbement la poitrine. Les courtes manches en filet portaient les mêmes motifs; l'étoffe subtilement ajourée laissait deviner le doré de la peau lisse. Une légère étole de cachemire bronze finement incrustée de perles fines et chatoyantes avait glissé sur le bras droit. La jeune femme épousait divinement cette exquise parure et en magnifiait la délicatesse. Jean-Claude se trouva bien quelconque à côté de cette déesse. Il lui fit compliment de sa beauté, tout en excusant la fadeur de sa propre tenue susceptible de ternir l'éclat de son invitée.

Elle rit et souligna :

- La valeur d'une personne ne réside pas dans ce que l'on voit d'elle ou de ce qu'elle laisse paraître mais dans ce qu'elle est en réalité, au fond d'elle-même. Femme je suis et femme j'aime être. Alors, femme j'aime me révéler, conclut-elle avec un sourire chalumeau, auquel nul blindage affectivo-protecteur n'aurait pu résister. Ils dînèrent dans un petit établissement spécialisé poissons et fruits de mer. Les maîtres des lieux, un couple de quinquagénaires, les gâtèrent. Après le café et le petit pousse-café offert par la femme du restaurateur, ils décidèrent de marcher un peu. Le ciel roulait de gros nuages et le tonnerre grondait non loin.

- Ouf! Quel festin! Ça te dirait de continuer notre petite promenade? demanda Jean-Claude. Le vent d'est se lève, ça nous rafraîchira. Il fait si lourd!

- Volontiers ! Je me suis régalée mais j'ai trop mangé, trop bu. Une balade sera effectivement la bienvenue.

Ils marchèrent en direction du front de mer. Les hautes vagues moutonneuses étaient illuminées par le flash des éclairs. À l'horizon, ciel, nuages, mer, ne faisaient qu'un dans le gris obscur de la nuit. Ils restèrent silencieux, admirant les nouvelles dimensions de ce paysage mouvant. Pendant le retour, quelques gouttes de pluie tombèrent, rythmées comme une danse de minuscules claquettes, puis ce fut très vite une grosse averse. Ils coururent s'abriter sous le toit le plus proche, un renfoncement d'entrée d'immeuble. Ils rirent de cette douche impromptue.

- Ça ne dure jamais bien longtemps ici ! Mais pardon, quelle chavanne… !

- Chavanne ? Qu'est-ce que c'est ? l'interrompit-elle.

- C'est une expression d'ici pour dire : il pleut à verse, il tombe des cordes, c'est le déluge… Dans un sens ce n'est pas un mal qu'il pleuve ainsi.

- Comment ça ?

- Oui ! Ça viendra en aide aux pompiers en limitant les incendies. Bientôt cette belle région sera un désert si ça continue à brûler à ce rythme.

- Tu as raison. Quel désastre cette flore et cette faune qui partent en fumée en quelques instants.

- D'autant plus que la plupart sont des incendies d'origine criminelle. Je ne peux pas comprendre comment on peut s'en prendre aussi violemment à la nature. Gratuitement, par vandalisme ou je ne sais quelle autre motivation débile.

- Je suis à deux cents pour cent d'accord avec toi. D'autant plus que cette végétation participe au cycle de l'eau. C'est la spirale infernale destructrice.

La pluie tombait dru et contrairement aux prévisions du jeune homme, une bonne demi-heure s'écoula de la sorte.

- Mon cher ami, tu t'es de toute évidence trompé dans ta prévision météo, lança-t-elle moqueuse. Je croyais que cela ne durerait pas… Si ça continue nous allons passer le reste de la nuit ici !

- Écoute ! Trempés pour trempés, nous allons récupérer la voiture qui se trouve là-bas, dit-il en pointant son bras, légèrement sur la droite. Si nous traversons ce terrain qui nous sépare du parking, nous y serons en deux temps, trois mouvements. Go ?

- Go !

Ils coururent à travers le terre-plein, Danielle était mal à l'aise dans ses escarpins peu adaptés à ce genre d'exercice tout-terrain. Un petit muret se dressait devant eux. Jean-Claude, d'un saut, le passa en premier. Il s'arrêta, se retourna et tendit une main pour aider Danielle. Elle posa son pied droit sur une pierre du muret pour le franchir. Mal fixée, cette dernière se déroba et la déséquilibra. Il la rattrapa in extremis. Leurs visages se touchaient presque. Les yeux dans les yeux, ils n'entendaient plus le bruit du vent, de la pluie, des vagues, du tonnerre. Il n'y avait qu'eux, liés dans un regard éperdu. Le ruissellement de la pluie créait des perles d'argent sur le visage de Danielle. L'intensité brûlante du regard de ses doux yeux verts effaça le dernier soupçon de réserve qui pouvait encore subsister entre eux.

Comme dans un film au ralenti, ils joignirent leurs lèvres et s'embrassèrent avec une émotion peu commune. À la fin de ce troublant baiser, ils restèrent de longues secondes, immobiles, à se dévisager avec la même expression sublimée. La pluie n'avait plus qu'une importance vraiment secondaire, face à l'intensité émotionnelle de cet instant magique. Trop bouleversés pour parler, ils se prirent la main et pressèrent le pas pour regagner la voiture, toute proche. Il ouvrit tout d'abord la porte côté passager pour la faire entrer. Il courut ensuite de son côté, s'installa au volant, mit le contact, fit tourner le moteur puis l'arrêta. Il se tourna alors vers la jeune femme.

- Excuse-moi Danielle, ça a été plus fort que moi. Ne crois surtout pas que j'ai profité de la situation mais tu...

- Ne t'excuse pas. C'était aussi spontané pour moi, l'interrompit-elle. Elle ajouta avec un splendide sourire : si tu savais combien je pense à toi ! D'ailleurs, pour tout te dire... j'espérais ce moment.

- Je suis désolé que ça se soit passé ainsi...

- Ah bon ? se navra-t-elle.

- Te dire que je ne désirais pas t'embrasser serait un mensonge. Je suis enchanté de ce baiser, mais j'avais préparé quelque chose de plus romantique pour te déclarer l'ardent désir que j'éprouve pour toi.

- Romantique ?

- Oui, j'ai écrit un petit texte que je comptais te faire lire à la maison.

- Tu écris ?

- Depuis peu. Depuis que... Non, ce serait une trop longue histoire.

- Me le feras-tu lire, un de ces jours ?

- Bien sûr. Tout de suite si tu le désires.

- Ah ?

- Oui, je l'ai avec moi. Il alluma l'éclairage intérieur, puis fouilla dans la poche portefeuille de son blouson. Il faut que je le retrouve. Où l'ai-je mis ?... Ah ! le voici.

Il sortit une enveloppe qu'il tendit à Danielle. Elle l'ouvrit, sortit la feuille et lut à mi-voix.

« *Je relève ce défi : parler de votre vénusté ineffable.*

Ce jour-là, sur fond azur vous rayonniez comme un astre. Vous n'étiez vêtue que d'une frêle étoffe qui vous laissait épaules et ventre adorablement nus. L'air frais de la mer caressait délicatement votre peau satinée que mes mains auraient aimé tout autant flatter. Belle de jour, vous m'êtes apparue si peu vêtue pour mieux m'offrir la vision de votre sublime poitrine clairsemée de reflets solaires, brillants tels des étoiles. Combien souhaiterais-je devenir l'astrologue qui aurait le droit de déchiffrer votre thème sur cette voûte céleste si délicieusement rebondie.

Votre corps se déplaçait avec grâce, me révélant les douces ondulations sensuelles de vos hanches sculpturales que votre pudeur friponne ne dissimulait que sous une courte jupe. Que de tourbillons de plaisir ont dû naître et mourir au pied de ce mont de Vénus ? Votre chair luisante et ferme vous donne un galbe majestueux. L'harmonie de vos formes féminines vous transforme en statue vivante. Il faudrait louer le talent du créateur pour ce ciselage fort artistiquement recherché. Quoi d'autre à ajouter, si ce n'est la grâce saine et souple de vos gestes qui vous rend désirable au-delà de votre beauté plastique, au-delà du raisonnable.

Je présume que peu d'hommes, voire aucun, à qui vous avez octroyé l'honneur et le privilège de caresser votre polissure d'une douceur si admirable, ont dû le faire avec la vénération que mérite une déesse telle que vous.

J'espère avoir réussi ce défi qu'était de parler de votre vénusté ineffable et qu'au-delà des mots, vous aurez discerné celui qui sur l'autel du vénérable plaisir vous fait l'offrande de son corps pour faire un voyage dans les plus voluptueux confins du royaume de Cythère.

Qui donc vous aura ainsi flattée dans votre vie ? Y aurait-il une injustice qui fasse que l'on accorde aux hérétiques le droit de profaner votre divin corps et que l'on refuse à votre fervent serviteur la permission de le combler, déesse du septième ciel ?... »

Émue, elle leva son visage vers Jean-Claude et dit :

- C'est beau, très beau. Cela me touche vraiment beaucoup que tu aies écrit cela pour moi…

Ses yeux brillaient et la larme d'émotion qui s'en écoulait se dilua dans les fines gouttelettes de pluie ruisselant sur ses joues. Jean-Claude la fixait intensément, en silence. Il passa sa main droite sous les cheveux humides de Danielle pour caresser sa nuque. Sa main brûlait d'envie de ramener ses lèvres veloutées et avenantes qu'il désirait encore embrasser. Ce n'est qu'au prix d'un grand effort de volonté qu'il repoussa les tigres du désir qui s'animaient dans sa chair.

- Tu es toute frissonnante, Dan ! Désires-tu que nous allions nous changer et que nous terminions cette soirée dans un piano-bar ou veux-tu venir chez moi prendre un verre ?

Elle répondit en déposant entre chaque mot, un petit baiser sur ses lèvres :

- Je... préfère... la... deuxième... solution.

Elle trouva l'appartement de Jean-Claude charmant.

- Ce n'est pas le mien mais celui de ma mère. Elle a consacré tous ses efforts à ce logement. Elle viendra définitivement vivre ici, à sa retraite. Tiens ! Voici une serviette si tu veux te sécher, t'arranger. La salle de bains est au fond du couloir. Pendant ce temps je vais préparer des rafraîchissements.

- Mais, toi ?

- Ne t'inquiète pas, je me sécherai après. Et puis, ce n'est que de l'eau.

Cheveux et vêtements encore un peu humides, elle reparut aussi jolie et soignée qu'avant l'orage et s'assit face à Jean-Claude qui servait du champagne.

- Champagne !... dit Danielle surprise.

- Cette soirée le mérite.

La maladresse de ses gestes traduisait un trac fou. Il posa la bouteille, prit sa flûte et toasta :

- À notre heureuse rencontre !

Faisant doublement tinter les flûtes l'une contre l'autre, elle porta aussi un toast :

- À ce providentiel orage !

Ils burent quelques gorgées et reposèrent en même temps leurs verres, proches l'un de l'autre. Quand leurs doigts se frôlèrent, Jean-Claude prit la main de Danielle, et tout en la fixant, ébloui, embrassa la paume. Dans le splendide sourire qu'arborait la jeune femme, il y avait tous les mots inexistants pour exprimer cette subtile émotion, ce bonheur ressenti. Elle hocha la tête d'un léger mouvement approbateur. Il l'embrassa alors en remontant vers l'épaule, le cou, les lèvres. Ils s'enlacèrent avec ardeur, donnant libre cours à leur désir jusque-là contenu. Fébriles, ils glissèrent sur le tapis de haute laine et échangèrent de tendres caresses. Puis ils gagnèrent la chambre où ils firent la découverte du merveilleux de deux corps et deux âmes en parfaite osmose. Torride n'est qu'un euphémisme pour qualifier la passion dans laquelle ils s'étaient unis. Tour à tour, sensuels, tendres, voluptueux, experts, fougueux, ils s'aimèrent à en perdre la notion du temps. Ce don d'eux-mêmes fut profond, pur, sublime. L'aube les trouva épuisés de satisfaction, enveloppés de félicité.

Prenant appui sur son coude, elle releva à demi le buste pour caresser le visage de son bien-aimé et dit :

- Tu viens de me faire vivre quelque chose de suprême. Je ne pensais pas qu'on pouvait tant s'aimer, avoir un tel plaisir, être si heureux, si reconnaissant. J'ai pourtant eu des aventures, mais aucune ne m'a jamais fait vibrer d'amour comme tu viens si merveilleusement de le faire. Jamais je n'ai perdu conscience de la vie, au point de n'être que don de moi-même, calice pour ton corps, quintessence du plaisir, de l'amour…

Le reflet brillant d'une larme au coin d'un de ses envoûtants yeux verts ressemblait à un diamant. Cette larme était coruscante comme une étoile dans la nuit noire, un rayon de soleil sur la banquise, une oasis en plein désert. Elle signait la sincérité sentimentale de Danielle. Il la pressa fort contre lui, la gorge serrée, le cœur en folie. Il se rendait compte qu'une vague de félicité l'emportait, que quelque chose de nouveau le dépassait. La berçant doucement, il passa la main dans ses cheveux, à la manière d'un peigne.

- Ma belle, ma tendre Danielle, moi aussi j'ai eu d'autres femmes… J'aime faire l'amour, j'aime le plaisir, mais ce que tu m'as apporté cette nuit va bien au-delà de tout ce que j'ai connu. C'est comme si j'étais devenu un peu de toi, et toi, un peu de moi. Tu m'as offert tant de plaisir et un tel don de ta personne. Je ne croyais pas que ça puisse exister tant d'extase, de béatitude, de paradis ici bas. Je ne sais s'il existe un mot capable de traduire cette sublime sensation d'absolu. Même mon âme est pleine de toi !

Ils s'embrassèrent. Ce baiser exprimait à lui seul la plus belle des déclarations. Les jours se succédèrent comme dans un rêve fabuleux. Ils ne se quittaient pas et étaient de plus en plus épris. Ils se découvraient et s'appréciaient chaque jour davantage, si bien qu'au bout d'un mois, Danielle quitta son petit appartement pour vivre avec Jean-Claude. Chacun trouva un travail. Ils cultivaient leur tendre passion pour que la vie n'érode pas leur union mais au contraire la dynamise. Deux mois s'écoulèrent ainsi. Un matin, à huit heures trente, Jean-Claude reçut un coup de fil du grand hôpital de Lille. Cet appel brisa le conte de fées qu'il était en train de vivre. Une secrétaire médicale l'informa de l'accident vasculaire cérébral mortel dont venait d'être victime sa mère dans la nuit. La secrétaire lui présenta ses condoléances et l'invita à revenir sur Lille au plus vite pour remplir toutes les formalités inhérentes. Dans les semaines qui suivirent la crémation, Jean-Claude traversa une courte période de déprime consécutive à la perte de l'être cher, mais surtout due à la culpabilisation de ne pas avoir révélé à sa mère qu'il vivait avec une femme, une fiancée. Il avait désiré être sûr que ce n'était pas un feu de paille, une illusion de son esprit, avant de la présenter à Laure

Cressa. Mais la vie en avait décidé autrement et avait laissé le fils définitivement célibataire dans le cœur de sa défunte maman. Le jeune homme traversa trois semaines de flottaison nerveuse, avant de se ressaisir. La vie reprenait son cours. Quatre mois s'écoulèrent.

CHAPITRE VIII

Alors qu'un vendredi soir de printemps, il rentrait, fourbu, à la fin de sa journée de travail, Jean-Claude fut surpris de découvrir, dans la cuisine, une jeune femme brune, de dos, en train de préparer le repas. Restant sur place, il appela d'un ton suspicieux :

- Chérie ?

La femme se retourna et, devant son expression hébétée, éclata de rire.

- Oh ! Tu fais une drôle de tête. Je ne te plais pas ainsi ?

- Si... Si ! Mais ça surprend !... Je t'ai toujours connue blonde et bouclée. De te découvrir brune, les cheveux à peine ondulés, ça me fait tout drôle. Ça te change, mais tu es toujours aussi ravissante.

- En fait, je n'ai fait que reprendre ma couleur naturelle.

- Ah ? s'étonna-t-il.

- Depuis un an et demi, je me faisais régulièrement des colorations et des permanentes chez le coiffeur. Je voulais changer de look, paraître une autre. À présent je me sens mieux et j'ai envie d'ôter mes apparences afin de redevenir moi, pour toi.

- Comme tu peux t'en apercevoir, l'amour rend aveugle. Je dois avouer que mes yeux regardaient plus l'ensemble de ton corps que ce genre de détail. Tu es si belle...

- À présent, j'en suis lasse d'être toujours vigilante à propos de tous ces artifices. Laquelle préfères-tu ? La blonde ou la brune ? demanda-t-elle en jouant le mannequin.

- Les deux, mon amour ! Je t'aime quelle que soit la couleur de tes cheveux. Mais, à te regarder, j'en conviens que dame Nature a bien fait les choses. Ta chevelure noire fait beaucoup plus ressortir ton teint et tes adorables yeux verts. Tu es merveilleuse ! Je t'aime.

Ils dînèrent joyeusement, puis vécurent une mirifique communion des corps et des sentiments. Apaisés, ils étaient sur le point de s'endormir quand Jean-Claude se redressa sur le coude et dit avec un air sérieux :

- Danielle, ma puce, il faut que je te raconte quelque chose, une histoire dont je ne t'ai jamais parlé, un moment très important de ma vie qui m'a conduit à être ce que je suis aujourd'hui.

- Que de mystère. Je t'écoute, mon amour.

Elle se blottit contre son corps, immobile et attentive.

- Tu sais, c'est une aventure hors du commun, une histoire extraordinaire que d'aucuns diraient à dormir debout. On m'a pris pour un fou et fait subir une longue thérapie pour me dépersonnaliser, me faire admettre que ce que j'avais vécu n'était que le fruit de mon imagination perturbée par un choc psychologique important. Autour de moi, tous ont œuvré pour me faire oublier ce que j'aimais, tant et si bien, que je suis devenu un autre, du moins en apparence. Je leur ai fait croire que je lâchais prise et que j'acceptais que mon imaginaire ait pu me jouer des tours pour ne plus être interné et ne plus avaler leurs saloperies de shoots médicalement corrects. Ils s'acharnent à me dire que j'ai rêvé. Moi, je sais que non ! Je te préviens ma chérie, c'est tellement incroyable que le doute est permis. Si toi non plus tu ne me crois pas, je ne t'en voudrai pas. Mais du plus profond de notre amour, sache que je ne mens pas et que je n'invente rien. Il est très difficile, à notre époque où nous tentons de tout comprendre objectivement, de croire à mon histoire tant elle est surréaliste, démente. Je ne peux moi-même l'expliquer. Je ne peux que te la raconter. Je te jure que ce n'est pas un délire de mythomane. J'ai vraiment vécu ce que je vais te raconter, je n'invente rien. Je… je ne pourrais pas te faire ça !

- Raconte, mon cœur, je t'aime et je te sais sincère. Je t'écoute, dit-elle en tenant affectueusement sa main pour le rassurer.

- Avant de commencer, il me faut t'avouer que si j'ai attendu si longtemps pour t'en parler, c'est que je n'osais pas, J'avais peur que tu me prennes pour un hurluberlu, un fabulateur, que tu penses que je me moque de toi, de te perdre un peu. Mais, notre marche dans la vie est si belle, si vraie, que je ne peux plus taire ce secret.

Avant cette aventure, j'étais comme beaucoup de jeunes gens. Je croquais la vie à pleines dents, courais les jupons, m'affirmais en un jeune coq prétentieux et égoïste. Cette aventure d'un autre monde, d'une autre vie, dont je vais te parler, m'a appris beaucoup, m'a donné la dimension de la femme, de l'amour, de la transcendance des corps. Bref, m'a transfiguré…

- Je t'en prie, Jean-Claude, trêve de justifications, raconte. Excuse-moi, mais tu as tellement titillé ma curiosité que j'en deviens impatiente.

Il commença à narrer son aventure. Il était quelque peu angoissé, craignant de passer à nouveau pour un fou. Mais, Danielle savait écouter. Il s'enhardit au fil du récit et sut trouver les mots pour faire partager son extraordinaire périple.

- Voilà, tu sais tout, conclut-il tout à fait ému par ce qu'il venait de raconter. Pendant deux ans, j'ai mené une vie quelque peu tristounette. Puis, lassé de cette morne ambiance, je suis revenu dans le midi… Je devine ce que tu aimerais me demander… Non. Je ne suis pas retourné à Marigud. J'en avais peur et puis on me l'a fortement déconseillé. Ils m'ont même enlevé mes chers livres d'histoire, mes dossiers sur les vieilles demeures, constitués avec tant de ferveur et de patience. Bref! On a fait en sorte que cette passion profonde, autrement dit moi, ne puisse plus s'exprimer. Mieux valait me faire taire plutôt que d'entendre des vérités dérangeantes. Toi, ma douce, tu as su me redonner confiance par le merveilleux de nos relations. Je me sens plus fort et prêt à y retourner, en ta compagnie. Il fixa avec intensité les iris émeraude de Danielle pour ajouter :

- Désirerais-tu que nous y allions demain?

- Oh! Oui! Super! J'ai hâte de connaître ces lieux où tu as vécu tant d'émotions.

Il la regarda, émerveillé. Cette petite phrase le sauvait. Sans le dire, elle le croyait. Il l'embrassa amoureusement. Le repoussant doucement, elle dit :

- Nous n'y allons pas demain!...

Surpris, il se raidit, ouvre de grands yeux et demanda déconcerté :

- Pourquoi pas demain? Tu me prends toi aussi pour un taré, n'est-ce pas?…

Elle rit et bondit du lit.

- Non! Mon amour, pas demain. Regarde, il est cinq heures. Lève-toi, paresseux. On déjeune, et on file dénicher ta princesse. Aujourd'hui, pas demain!

Surpris par cet entrain subit, il ne dit mot et se leva. Tous deux s'activèrent et une heure et demie plus tard, ils couraient comme deux enfants vers le parking.

Ému, Jean-Claude sentait les battements de son cœur s'accélérer dans sa poitrine. Il partait exactement du même endroit, à la même heure que deux ans et demi auparavant. Qu'allait-il lui arriver, cette fois-ci? Ne mettait-il pas son amour en danger? Danielle, impatiente d'arriver, le tranquillisait par son enthousiasme et la totale confiance qu'elle lui témoignait. Quand ils arrivèrent aux environs de Marigud, Jean-Claude se sentit mal à l'aise. Sa gorge se noua, il eut du mal à déglutir, ses mains devinrent moites. La vue de la tour, plantée dans le ciel, glaça son sang. Aura-t-il la force d'aller jusqu'au bout? Ce fut très pénible de retrouver le bar de la place, le parking. Il hésita à descendre de voiture. Danielle, sentant son émoi, posa tendrement sa main sur son genou en une chaleureuse pression. Il n'osait pas la regarder, confus d'être si peu vaillant. Elle comprenait son anxiété et restait silencieuse et rayonnante d'amour. Puisant dans cette affection le courage de dépasser sa peur, il se décida, malgré le pressentiment qu'il avait, d'accomplir un geste irrémédiable.

- Viens! Mon doux guide... Fais-moi visiter ces lieux, demanda-t-elle en prenant sa main.

Ils traversèrent le bosquet puis l'esplanade. Jean-Claude se détendit à mesure qu'il commentait les lieux, ainsi que ses faits et gestes. Buvant ses mots, elle semblait, elle aussi, subir le charme de l'épopée. Lorsqu'ils arrivèrent à l'endroit où se trouvait l'éboulis que Jean-Claude avait au début pris pour une cheminée écroulée, ils constatèrent que tout avait été déblayé, restauré, et que l'on pouvait emprunter l'escalier dans sa totalité.

- C'est bien ça, précisa Jean-Claude à peine étonné. J'ai eu vent de l'ouverture pour le public de l'accès aux appartements secrets de la princesse. Dire que c'est moi qui ai fait sortir ces lieux du passé dans lequel ils étaient figés. C'est dommage dans le fond! Mais, il fallait que ça se fasse. Que préfères-tu, Dan? Nous suivons l'ordre donné de la visite ou nous passons par la grotte?

- Non, pas par là. Suis le même chemin. Fais-moi vivre ce que tu as vécu à ce moment-là.

Ils suivirent le sentier en corniche qui avait été comme le reste, aménagé entièrement jusqu'à la grotte. Le débroussaillage de l'entrée rendait la galerie plus importante. Une grille ouverte, articulée sur des gonds fixés dans la roche, révélait toutefois la protection des lieux contre toute éventuelle visite nocturne malintentionnée. Ils foulèrent le sable fin jusqu'à la porte ouverte.

Dans la salle, des flambeaux équipés d'ampoules électriques en forme de flamme donnaient un autre relief À la pièce. C'était le silence, comme la première fois où il avait mis les pieds dans cet antre. Pas âme qui vive. À cette heure matinale, le responsable délégué par la mairie avait certainement dû s'absenter pour une quelconque raison administrative, supposèrent-ils. Jean-Claude eut du mal à franchir le seuil. Sans Danielle, il aurait rebroussé chemin. Elle le précéda en l'entraînant par la main. À nouveau, comme en présence des gendarmes, il fut déçu. Plus de tableau, plus de flacons ni de fioles. Des imitations du mobilier donnaient une vague idée de ce que fut cet endroit. Il envisagea que les meubles originaux devaient être protégés dans un musée et décrivit à sa compagne ce qu'il avait trouvé, revivant avec émotion ces événements incroyables. Il était tant absorbé par son récit qu'il ne la voyait plus. Il était seul dans sa tête, submergé par les vagues de souvenirs qui déferlaient les unes après les autres dans sa conscience. Danielle l'attira ensuite dans la chambre où une reproduction du lit trônait à la place de l'original. Elle posa son sac dessus et lentement fit le tour de la pièce, tout en l'écoutant. Elle s'arrêta près du chevalet vide de toile. Jean-Claude allait et venait, touchant à tout, caressant, ému, les reproductions des tentures de la couche princière. Son regard se posa sur le sac à main de Danielle. Il reprit conscience du temps présent.

- N'oublie surtout pas ton sac. Tiens ? C'est la première fois que je le vois celui-ci.

- Pour cause, il est neuf. Je l'ai acheté hier.

- Ah !... Que sont ces lettres rapportées dessus ? Est-ce la marque du maroquinier, D.C.P. ?

- Non, non. Ce sont mes initiales. C'est une idée du marchand… Il personnalise les sacs qu'il vend.

- Danielle Prisali… soit… Mais que vient faire ce C, au milieu ?

- Ah ! C'est vrai, je ne t'ai jamais dit mon deuxième prénom. Je l'aime beaucoup, mais on m'a toujours appelée Danielle ce qui fait que je l'ai un peu oublié, ce deuxième prénom est : Cécile.

Il se tourna vers elle en disant :

- Cécile, Cécile ?… Quelle coïncidence, tu as le… Tu as le même… !

Son visage se métamorphosa de stupéfaction. L'émotion lui coupa net la parole et le sac lui en tomba des mains. Ses yeux s'écarquillèrent. Elle le regardait avec un sourire lumineux, celui qui l'avait envoûté, celui du tableau.

La femme en face de lui, cette beauté, ces cheveux bruns, ces yeux verts merveilleux ? Était-ce Danielle ? Était-ce Cécile ? Tout bascula dans sa tête. En un éclair, il revit le film de ses péripéties.

- Non ! Non ! cria-t-il. Qui est en face de moi ? Danielle Cécile Prisali ? Cécile de Paliris ? Mon Dieu ! Ce n'est pas possible !... Les mêmes lettres pour la même femme. Les mêmes yeux. Les mêmes cheveux. La même splendeur. Et moi qui ne me suis aperçu de rien… Qui suis-je ? Mélutodénot ?... De Outelmont ?... Même nom dans le désordre. Il se prit la tête dans les mains et supplia : je deviens fou ! Danielle, dis-moi que je rêve… je ne veux pas devenir fou ! Danielle… Dis-moi que je rêve ! Dis-le-moi !

Avec son superbe sourire, elle fit un petit signe de dénégation de la tête. L'éther réincarné se jeta à ses pieds. À genoux devant elle, il entoura ses jambes et les embrassa.

Ces retrouvailles, après plus de deux siècles de séparation, libérèrent une si grande émotion qu'il pleura à chaudes larmes, mélange de joie et de tendresse.

- Cécile… Cécile… Ma Princesse…

Elle posa ses mains sur ses cheveux et le caressa. Il releva la tête. Leurs regards éperdus se confondirent. Quelque chose d'immense passa entre eux. Deux siècles et demi d'absence s'effaçaient en cette fraction de seconde. Ils surent à cet instant qui ils étaient au plus profond d'eux-mêmes. Ils restèrent de longues minutes immobiles, revenus d'un autre monde, d'un autre temps. Sachant à présent que dans leur rencontre rien n'était dû au hasard, ils reprirent le chemin de la vie actuelle, sans dire un mot. Ils arrivaient à la sortie du parc lorsque, de retour de la mairie, le responsable les croisa et les salua. Ils montèrent dans leur voiture et s'en allèrent. Jamais ils ne parlèrent de ces retrouvailles intemporelles. Ils étaient conscients qu'ils étaient en train d'accomplir leur destin inouï. Ils savaient qui ils étaient derrière l'apparence de leur incarnation, et qu'un bonheur fabuleux leur était offert.

Comme protégée par leur passé, la vie s'écoula pour eux sans problème.

Quelques mois plus tard, ils apprirent incidemment que la maison de Vincent allait être mise en vente aux enchères, faute d'héritier. Par le cumul de leurs biens propres et d'un prêt bancaire, ils purent acquérir la vieille bastide, la dérobant ainsi aux dents longues des promoteurs. Ils s'y installèrent et commencèrent des petits travaux de rénovation. Ce jour-là, le soleil, voilé par de hauts nuages ternes, avait du mal à s'imposer. Jean-Claude sciait du bois mort et pensait à tous les travaux qu'il faudrait faire dans l'avenir, pour redonner son cachet à cette ancestrale demeure et la rendre confortable à vivre. Cela, malheureusement, n'était pour l'instant que de l'ordre du rêve. Le montant des travaux nécessaires étant trop important, il n'était pas question d'envisager un quelconque embellissement. Aux environs de treize heures trente, Danielle le rejoignit pour l'avertir qu'elle allait faire des courses en ville et en profita pour signaler :

- La porte d'entrée de la ferme est en pièces. Question isolation, c'est vraiment pas ce qu'il y a de mieux. Il faudrait s'en occuper avant la venue de l'hiver, sinon ça ne servira pas à grand-chose de chauffer la maison.

- Tu as raison, je vais vérifier cela, voir ce que l'on peut faire et on en rediscute, d'accord?

- D'accord. Bon, j'y vais, à plus tard…

Elle l'embrassa et marcha vers la voiture, garée en contrebas. Jean-Claude la regardait, toujours admiratif. Sa démarche gracieuse, sa prestance et son corps si admirablement sculpté ne faisaient que souffler sur la braise de son amour. Il finit de couper le bois, tout en pensant à cette porte qui était en piteux état. Cette phrase qu'avait dite Danielle se répétait comme un écho dans son esprit. Soudain, il se revit dans les appartements secrets de la princesse, prendre les feuillets dans le tiroir du bureau et les lire, en particulier le premier. Il se souvint des mots : pièces - porte - ferme - 5O - 3N - 5O - lit - creuse.

"Étrange! Pièces, porte, ferme… Les trois mots que Dan vient d'employer : la porte de la ferme est en pièces. Y aurait-il une relation?"

Il laissa tout en plan et se rendit à la porte de la bastide. Il examina l'épais battant, en mauvais état. Avec le manche d'un tournevis, il sonda toute la surface à la recherche d'une différence de sonorité qui signerait la présence d'une zone creuse. Malheureusement, le bois bien robuste et compact ne restitua qu'un son bien clair, identique en tous points. Jean-Claude se recula pour regarder la porte vétuste en se creusant la tête, à la recherche du sens caché de cette suite de mots et de chiffres.

“Rien de logique. Juste une coïncidence, pensa-t-il, cette ressemblance entre ces trois mots. Ne serait-ce pas tout simplement le fruit de mon imagination ? Je crois que je me fais mon film. Pourtant…”

Au même moment, un rayon de soleil filtra entre les nuages du ciel maussade et vint réchauffer sa nuque. Il se retourna et regarda l’éblouissante boule de feu. Fermant les paupières pour s’imprégner de cette luminescente énergie, il resta un instant immobile, méditatif.

“Suppose que cette liste de mots soit un message codé, il doit y avoir un sens. Un sens… Cela veut dire aussi la direction… Oui, ça doit être ça ! La direction. Le soleil se lève à l’est et la porte est plein est. Et si ce O voulait signifier ouest ? Si c’est le cas, je dois entrer à l’intérieur de la maison.”

Ce qu’il fit. La porte d’entrée donnait directement dans la salle à manger-salon. Il referma le battant et s’y adossa. Ses yeux scrutèrent méticuleusement la grande salle, encore peu meublée. Sur le mur de gauche, une porte permettait d’accéder à la cuisine et aux dépendances. Une cheminée ornait le mur qui faisait face. De part et d’autre, une fenêtre ouvrait sur un petit pré séparant l’habitation de la forêt. Celle de gauche était dans l’alignement direct de la porte d’entrée. Un couloir dans le mur de droite conduisait aux trois chambres, à la salle de bains et aux toilettes. Enfin, une fenêtre située à droite de la porte d’entrée offrait une vue sur la colline que les ruines du château chapeautaient.

À la suite de cette observation infructueuse, Jean-Claude mit en ordre de marche ses troupes neuronales : Régiment Concentration, Division Analyse, Section Déduction.

“Que peuvent donc signifier ces chiffres ? Des meubles, ça se déplace. Donc, les repères sont forcément fixes, sinon ça ne sert à rien. Hormis nos meubles, il n’y a rien d’autre dans cette pièce que deux portes, un couloir, trois fenêtres et une cheminée. Les chiffres ne correspondent pas, sauf, peut-être, les trois fenêtres. Quel rapport entre 3N et trois fenêtres ? Pas évident… Ou alors, ce sont des unités de longueur. Eh ! Oui, une longueur. Des mètres ? Non, ça n'existait pas encore. Peut-être des pas… Oui, ça doit être ça. Il ne faut pas que ça soit compliqué à mesurer."

Il colla son talon gauche contre la porte, et compta cinq pas. Il butta contre le mur d'en face.

"Ensuite, il est écrit 3N. Cela pourrait vouloir dire trois pas vers le nord. Donc, longer le mur sur la droite pendant trois pas."

Il avança en comptant et toucha le retour de la cheminée.

"Bon, à présent que veulent dire 5C - lit - creuse ? Lit, il n'y a pas de lit ici. Et celui du vieux Vincent qui se trouvait contre le mur de droite, n'était qu'un tas de bois désarticulé. Nous l'avons brûlé sans qu'il ne nous révèle la moindre chose. Creuse… Faudrait-il creuser à l'endroit où il se trouvait ?" Jean-Claude se rendit à l'emplacement du lit, se mit à quatre pattes et sonda le sol et les murs sans qu'aucun son disparate ne soit rendu. Il retourna à la cheminée et se dit :

"Je vais trop vite. J'ai sauté le 5C. C comme ?... C comme carrelage, peut-être ?"

Il s'accroupit afin de cogner sur les cinq dalles en pierre, autour de l'âtre. Quelle déception, aucune sonorité creuse. Il revint sur le côté de la cheminée et réfléchit à ce 5C.

"Il y a trois rangées de trois carreaux en bas, sur le flanc de la base de la cheminée. Un, deux, trois, quatre, cinq. Juste au milieu, et si…"

Il sonda avec le manche de l'outil et entendit résonner les coups. Son cœur se mit à s'accélérer. Des gouttes de sueur perlaient sur ses tempes. Il tapa sur les autres pour vérifier le son, effectivement plein. Pas de doute, une cavité devait bel et bien exister derrière le carreau central. Il courut jusqu'au garage afin d'y chercher un marteau et un burin pour le décoller. Ses yeux étincelèrent de satisfaction et un sourire étira ses lèvres en découvrant la cavité dans laquelle se trouvait un parchemin. Il s'en empara, le déroula avec précaution et lut : "*En sortant à trois heures de l'après-midi, le soleil donnera le sud. Quand le sud croisera l'est du puits, une pierre plate gravée d'un cœur et enfouie dans le sol certifiera l'emplacement.*" Jean-Claude replongea dans ses pensées. Il comprit que les mots du feuillet "lit - creuse" voulait dire lire et creuser, mais où ? Il relut le texte une seconde fois et comprit qu'il lui fallait sortir au dehors. Il se campa sur le seuil de la porte et dirigea son regard à une dizaine de mètres sur la droite, à hauteur du puits. Depuis des siècles, l'installation alimentait la bergerie en eau, approvisionnement si précieux en Provence. Ses yeux scrutèrent les alentours sans trop savoir ce qu'il cherchait. Il ressassait les mots du parchemin : "*Le soleil donnera le sud...*" Mais le soleil est derrière la maison. Qu'est-ce que cela peut bien signifier? Voyons ! L'est est face à moi, donc le sud est sur ma droite... Que peut donc délivrer la position du soleil comme précision exploitable? Son regard prospectait tous azimuts, cherchant à détecter le moindre augure.

"À trois heures de l'après-midi, l'ombre de la maison me donnera la direction du sud qu'il me faudra suivre. Au croisement avec la direction de l'ombre du puits devrait normalement se trouver cette fameuse pierre plate. Bon ! Je n'ai plus qu'à attendre l'heure exacte. Il regarda sa montre qui affichait : quinze heures quarante. Merde ! L'heure est passée. Maintenant, il me faut attendre demain. À quelques minutes près, ça fait râler."

Il regarda le ciel, puis les ruines et après un instant de réflexion, son visage s'éclaira d'un large sourire.

"L'heure d'été... ! J'avais oublié que nous sommes en heure d'été, c'est-à-dire une heure d'avance par rapport à l'heure admise. À cette époque, on n'avançait pas l'heure comme nous le faisons de nos jours. Cela veut donc dire qu'il n'est pas quinze heures quarante-cinq mais quatorze heures quarante-cinq. Bingo ! Je n'ai plus qu'à patienter."

À seize heures, autrement dit quinze selon l'heure traditionnelle, il se mit en devoir d'entamer profondément le sol à l'aide de son tournevis. Ainsi, la trace de la limite de l'ombre de la maison, indicatrice de la direction nord-sud, serait conservée. Puis il rejoignit à grands pas le puits où il traça de la même manière la direction est-ouest projetée par l'ombre de l'arceau porte-poulie surplombant l'ouverture. Le jeune homme planta ensuite le tournevis dans la terre au niveau de cette dernière ligne creusée. Il se servit de l'outil pour y attacher l'extrémité libre d'une ficelle qu'il avait récupérée au préalable. Il déroula la bobine sur plusieurs mètres en respectant la direction marquée dans le sol et noua le fil autour d'une souche morte. Il vérifia la superposition de la ficelle et du trait au sol et retourna au premier repère. Du regard, Jean-Claude prolongea alors la trace initiale et jaugea l'endroit où les orientations sud et est se croisaient. Il saisit une pierre et la plaça sur la ficelle. Plusieurs fois, il s'assura de l'exactitude du positionnement du caillou par rapport à ses tracés. Enfin satisfait, alla fouiller dans l'appentis et ramena une pioche et une pelle. Le cœur serré par l'émotion, il commença précautionneusement à creuser en faisant bien attention de ne pas endommager une éventuelle trouvaille. Il travailla sur un carré de terre de cinquante centimètres de côté. Il bêcha tout d'abord sur cinq centimètres de profondeur en se persuadant que l'endroit était bien le bon. Par petites pelletées, il agrandissait le trou. Il s'offrit un verre d'eau et continua jusqu'à atteindre une vingtaine de centimètres de profondeur. Soudain, l'outil buta sur une matière dure. Les battements de son cœur s'accélérèrent et il transpira davantage. Il s'épongea le front avec un mouchoir en papier et se remit à l'œuvre, redoublant de prudence. Consciencieusement, il mit à jour une pierre plate gravée d'un cœur. Il l'extirpa de la terre, la posa au sol et l'observa de longues secondes. Elle correspondait à la description du texte. Il la mit à l'abri du puits, s'arma ensuite de la pioche et creusa cette fois avec hardiesse. Il terrassa ainsi durant une demi-heure. La terre excavée s'amoncelait régulièrement à ses pieds. Enfin, le fer de la pioche heurta du bois. Il s'aida tant de la pelle que de ses mains pour mettre à jour le couvercle d'un coffre. Usant de toutes les précautions, il continua à le dégager. Lorsque Danielle revint, le coffre était encore aux trois-quarts enfoui.

- Que se passe-t-il, mon amour ? Que fais-tu là ?

Jean-Claude se contenta de s'écarter et de pointer son index vers le coffre qu'il venait d'ouvrir. Ce dernier regorgeait de pièces en or que le soleil faisait briller de multiples reflets. Jean-Claude, sans dire un mot, accrocha le regard vert de Danielle qui eut un sourire de connivence. Tous deux savaient que la providence n'y était pour rien et que leur amour du bonheur les avait enfin conduits au bonheur de l'Amour. Ils se jetèrent dans les bras l'un de l'autre et s'embrassèrent d'un majestueux baiser. Un baiser qui bien mieux que les mots disait : tu es tout pour moi ou je ne serai plus rien sans toi.

La manne financière que leur apporta ce trésor leur permit de restaurer avec beaucoup de respect et d'amour, dans le plus pur style provençal, cette grande demeure.

Danielle tomba enceinte et exigea au terme de sa grossesse d'accoucher dans la grande chambre où étaient nés tous les descendants de Barthélemy Efaru.

Une jolie petite fille brune aux grands yeux verts naquit, et fut prénommée Cécile. Les cris d'un enfant égayèrent à nouveau ces murs vénérables. Leur fortune leur permit une vie privilégiée, portée par le respect de l'autre, le don de soi, leur passion, l'intelligence et la communion des esprits.

La petite Cécile grandit dans la plus pure tradition paliri-sienne. Parallèlement à une vie scolaire traditionnelle, sous l'égide de ses parents, la fillette s'ouvrit à l'amour de la vie, de la nature, des gens et aux vibrations que cet amour engendre.

Le bonheur de cette famille suscitait bien des commérages de la part de ceux qui ne savaient conjuguer à aucun temps le verbe aimer. Cela ne les touchait pas. Ceux qui avaient su les apprécier sans les jalouser, récoltaient les retombées de cette union intemporelle.

Les années s'accrochèrent les unes aux autres pour construire la vie. La jeune Cécile, à vingt ans tout aussi superbe que sa mère, vivait ses aventures amoureuses, à l'image de ses parents. Sa beauté n'avait d'égale que son intelligence. Elle fit de brillantes études à Aix-en-Provence, ne revenant chez elle que pour les différentes vacances.

Elle possédait un charmant studio dans cette ville des arts et donnait la priorité à ses études tout en menant une vie joyeuse et culturellement épanouie.

Un matin, dans une salle de la bibliothèque de la faculté, elle préparait un exposé sur l'influence de l'orgueil quant aux décisions des gouvernants lorsqu'elle fut dérangée dans sa recherche par une secrétaire qui vint la prévenir :

- Mademoiselle !... Nous avons eu un appel de la gendarmerie de Marigud vous demandant de rentrer de toute urgence... De toute urgence, ont-ils précisé !...

- Mais pourquoi ? Que se passe-t-il ? demanda Cécile en proie à une angoissante sensation qui lui nouait la gorge.

- Je n'en sais rien. La seule chose que j'ai cru comprendre, c'est que c'est apparemment grave, et que vous devez rentrer au plus vite... Je suis désolée.

Atterrée par la teneur de ce message, elle courut à la première cabine téléphonique pour appeler ses parents, tentatives vaines ajoutant encore à son angoisse. Elle prit sa veste, son sac, sauta dans son carrosse des temps modernes et démarra sur les chapeaux de roue.

Une heure et demie plus tard, elle arrivait au bas de la piste qu'avaient fait aménager ses parents, sur la trace du sentier chevrier. Des camions de pompiers stationnaient. Un homme se mit au milieu pour barrer le passage.

- Non ! Mademoiselle ! Vous ne pouvez pas aller plus loin... C'est impossible et trop dangereux. La maison est détruite et le feu couve toujours.

- Mais je suis la fille de... !

- Je sais mademoiselle. Je vous connais. Mais, je suis désolé, c'est trop dangereux et je ne vous le conseille pas.

- Où sont mes parents ? cria-t-elle en l'attrapant par sa veste. Où sont-ils ?

Il la repoussa doucement, puis posa sa main sur son épaule. Il était gêné, baissant les yeux, l'air lugubre. Cécile avait compris ce que signifiait ce silence. Elle se mit à hurler :

- Non !... Non !... Papa ! Maman ! Non !...

Elle s'échappa en courant comme une folle vers les lieux du sinistre. Un sapeur la ceintura un peu plus loin. Brisée, elle éclata en sanglots douloureux, insupportables. On dut lui administrer un léger calmant.

Quand elle fut apaisée, elle voulut savoir ce qui s'était passé.

Un ami bienveillant la conduisit à la gendarmerie où avait été ouverte une enquête. L'adjudant-chef l'informa que l'incendie, probablement d'origine accidentelle, s'était déclaré au lever du jour.

- Mais pourquoi mes parents n'ont-ils pas été évacués ? Pourquoi sont-ils restés dans la maison ?

- Il y a quelque chose que nous ne comprenons pas. J'ai ordonné une autopsie qui n'a révélé rien d'anormal. Cependant, il y a quelque chose d'étrange, d'incompréhensible, pour l'instant. Mademoiselle... Nous avons retrouvé les corps de vos parents dans leur chambre. Ils étaient enlacés sur le lit et, chose curieuse, habillés comme au temps de Louis XV. Votre mère portait un diadème de pierreries apparemment authentique, un collier d'une très grande beauté. Votre père quant à lui avait au côté une épée dans son fourreau. Avouez que c'est une tenue peu courante à six heures du matin ? Savez-vous s'ils avaient été invités à un bal masqué ?

- Non ! Pas à ma connaissance. Pourquoi me demandez-vous cela ?

- Ça expliquerait leur tenue. Peut-être que, fatigués d'une longue nuit de fête, ils se seraient endormis habillés et auraient oublié quelque chose sur le gaz et, fatigués, ne se seraient pas réveillés à temps. Nous n'avons pas encore tous les éléments nécessaires pour l'affirmer mais c'est en tout état de cause une éventualité qui nous semble vraisemblable pour expliquer ce drame.

- Je ne crois pas. Nous nous téléphonions régulièrement. Ils m'en auraient parlé, je pense. À moins que ce ne soit une invitation de dernière minute ?

- Vous serez tenue au courant de l'évolution de l'enquête, mademoiselle. Nous aurons peut-être encore besoin de vous. A priori, il s'agirait d'un accident... Nous finirons bien par savoir ce qui s'est passé. Nous connaissions bien vos parents... Au nom de tous mes hommes, je vous fais nos condoléances et sachez que nous sommes de tout cœur avec vous, mademoiselle... Au revoir.

- Merci. Au revoir.

Cécile, épuisée de chagrin, repartit avec l'ami de la famille qui se proposa de l'héberger pour la nuit.

Le lendemain matin, le curé du village la fit prévenir qu'il désirait la rencontrer dès que possible. Elle se rendit immédiatement à la cure. Le prêtre qui la connaissait depuis sa naissance la prit chaleureusement dans les bras.

- Mon enfant, dit-il avec tristesse. Je compatis à ta douleur d'autant plus que j'avais une grande estime pour tes parents dont la générosité discrète et la bonté étaient grandes. Nous étions assez liés pour qu'ils me confient un coffret avec promesse de te le remettre à leur mort. Je l'ai en ma possession depuis le jour où nous avons inauguré la fresque décorant notre chapelle que nous n'aurions jamais pu réaliser sans leur aide. Prends-le et souviens-toi que je serai toujours là pour t'aider à surmonter cette terrible épreuve.

Il tendit un paquet qu'elle prit avec recueillement. Elle le remercia puis sortit. Elle voulait être seule pour l'ouvrir. Elle se dirigea vers les ruines du château, traversa la place du village sous le regard curieux, apitoyé ou compatissant des Marigudois. Elle s'assit sur un banc, indifférente à ce qui l'entourait, puis défit les liens qui fermaient la boîte d'épais carton. À l'intérieur, niché dans du coton, elle trouva un coffret en argent ciselé, incrusté de pierres précieuses. L'ayant dégagé, elle l'examina longuement avant de l'ouvrir. Trois initiales en relief : C D P ornaient le fermoir.

Elle souleva le couvercle et trouva une feuille enroulée, retenue par un ruban bleu et or. Elle déroula ce parchemin, et lut :

"*Ma chère fille,*

J'ai été la plus heureuse des femmes dans une dimension extraordinaire.

Par toi, ma douce et belle enfant, la lignée des de Paliris continuera et notre fabuleux secret du plaisir sera perpétué.

Te voici porteuse de notre tradition. Sers-toi de ce que nous t'avons appris de l'amour, comme d'un flambeau triomphant. Fais en sorte qu'il ne s'éteigne plus jamais. Sois femme dans toute sa splendeur extérieure et surtout intérieure. Aime le plaisir et le plaisir de l'amour. Sois toi, au-delà des conventions, au-delà du regard d'autrui. Ne te laisse pas vaincre. Utilise tes pouvoirs en ton âme et conscience pour être heureuse et rendre heureux.

La félicité de ton cœur et de ton corps te conduira au bonheur..."

Quelques villageois s'étaient groupés non loin d'elle, attendant sans trop savoir quoi. Elle ne les voyait pas et lisait toujours.

"... Je suis en toi mon enfant. Je t'aiderai à vivre et à aimer vivre.

"Je te souhaite de trouver un compagnon aussi merveilleux que le fut ton père. Nos corps ne sont rien dans le présent, ils n'y ont plus leur place. Ils retournent à jamais dans le passé."

Sous les yeux médusés des bonnes gens devant une aussi jolie jeune femme dans le malheur, elle releva la tête, le regard perdu dans le vague, en souriant avec une expression de bonheur profond et radieux.

Ils en avaient le souffle coupé et déjà le persiflage aux lèvres :

- Eh bè ! À peine ses parents morts, elle oublie son chagrin et sourit aux anges. À moins qu'elle ne soit dérangée par ce grand malheur, la pitchounette !... C'est bien triste, elle est si jolie ! Tout le portrait de sa mère.

Faut dire qu'ils étaient si heureux que cela en était insolent. Après tout, ça ne pouvait pas durer... C'était pas juste.

Le visage de Cécile était empreint de béatitude. Elle avait compris avec les derniers mots écrits par sa mère, quelle était sa destinée.

... "Depuis longtemps j'attendais que tu viennes pour continuer notre œuvre.

La paix est enfin sur nous. Va, ma chérie, aie confiance en la vie, crois en la providence que tu sauras provoquer. Sois courageuse, digne, et heureuse. Je te donne à présent tous mes pouvoirs et te fais Princesse du Plaisir."

NOTE DE L'AUTEUR

Si vous commencez votre lecture par cette note, c'est que votre curiosité vous pousse à connaître la fin de l'histoire avant de l'avoir lue. Je me permets de solliciter votre désir de jouer le jeu du mystère et du merveilleux en commençant, comme il se doit, par le début. De même, ne lisez les éclaircissements ci-après que lorsque vous aurez achevé votre lecture. Ils apporteront une autre dimension symbolique à ce récit qui vous permettra peut-être d'entrer en résonance avec votre propre domaine de Paliris. Il serait dommage de connaître la teneur de cette note avant de terminer. Merci de jouer le jeu en vous reportant à la première page.

Sens caché des noms à travers leur anagramme :

MELUTODENOT / DE OUTELMONT : TOUT LE MONDE

HAMOC : MACHO

PRISALI / DE PALIRIS : PLAISIR